あなたには、殺せません

石持浅海

ISHIMOCHI ASAMI

東京創元社

目次

Contents

あなたには、殺せません

Case 1

五線紙上の殺意

「確かに、犯罪は憎むべきものです」代表は、穏やかな語り口で言った。「でも、犯人だけに責を負わせるべきではないと考えています」

雑誌記者はうなずきながらも、ほんのわずかに表情を曇《くも》らせた。

「犯人がしでかさなければ、事件は起きなかったのではないですか?」

「そのとおりです」代表は素直に同意する。そして記者の目を覗きこんだ。「では、犯人――彼か彼女は、生まれながらの極悪人で、犯罪に走るのは必然だったと思いますか?」

記者は少し黙った後、首を振った。

「そうでは、ないでしょう」

今度は、代表がうなずいた。「私もそう思います。生まれながらの犯罪者など、存在しません。育った環境が犯罪者を創り上げるのです。犯人一人を責めても、この世から犯罪を減らすことはできません」

よくある、犯人擁護《ようご》論か――記者は心の中でそう思った。日本では、被害者や遺族よりも、犯人の人権を守ろうという風潮がある。自分たちマスコミがそれを煽動《せんどう》しているのは事実だけれど、ここで口に出す必要はない。

「おっしゃることは、よくわかります。けれど、犯罪が発生したということは、被害者がいるということです。犯人個人を責めないというお考えは、被害者に目線を向けていないのではありませんか？」

「そうですね」代表は同意を口にしながら首を振った。「犯罪が起きれば、ですが」

代表は、また記者の目を覗きこんだ。

「犯罪など、起きない方がいいのです。被害者になる人のためにも、加害者になる人のためにも。先ほど申しましたように、犯罪に走る人は、生まれながらに犯行を運命づけられているわけではありません。彼らが犯行を思い留まれば、わずかでも世の中はよくなる。私たちはそう考えて活動しています」

「それで、駆け込み寺ですか」

記者の言葉に、代表は目を細めた。

「そうですね。カウンセリングなどという恰好いい言葉ではなくて、駆け込み寺の方がしっくりきます。犯人だって、好きで犯罪に走ろうとしているわけではありません。かっとなって、というケースでなければ、必ず迷いがあります。その段階でうちに来てもらえれば、犯罪の発生を未然に防ぐことができます」

「確かに、他人に愚痴《ぐち》を聞いてもらうだけですっきりすることはありますね」記者は納得半分という口調で言った。「でも、もっと根深い動機もあるでしょう。その場合でも、話を聞いて助言するだけで防ぐことができるんですか？」

「それは大丈夫です」代表は自信満々に答えた。

「うちには、優秀な相談員がいますから」

＊

「飲み物は、持ってこられましたか？」

事務室の女性が訊いてきた。有馬駿《ありましゅん》はうなずく。「はい」

背中のデイパックには、ペットボトルの緑茶が入っている。

――お話しになるときには飲み物があった方が落ち着きますから、持参してください。

電話の相談窓口で、応対してくれた職員がそうアドバイスしてくれた。有馬はそれに従ったわけだ。

「それでは、ご案内しましょう。こちらです」

女性が先導して、廊下を歩いた。有馬は黙ってついていく。玄関でスリッパに履き替えたから、ぺたぺたという足音が響く。

長い廊下だ。北側に窓があり、南側にドアが並んでいた。ドアの間隔から、ひとつひとつの部屋が狭いことが想像できる。女性は最奥《さいおう》のドアの前で立ち止まった。「こちらです」

ドアには『1』というプレートが素っ気なく掲げられている。

「中に相談員がおります。特に時間制限は設けておりませんので、好きなだけお話しください」

「――はい」

「お帰りの際には、事務室にお声掛けいただけますか」

「わかりました」

では、と女性が戻っていく。有馬はその後ろ姿を見て、女性が事務室に入ったのを確認してから、ドアに向き直った。脇にある、インターホンのボタンを押す。ほんの少しの間の後、スピーカーから返事が聞こえてきた。

『どうぞ』

「失礼します」と言って、ドアノブを回した。ドアを開ける。思ったよりも重いドアだ。

やはり狭い部屋だった。住宅ならば、四畳半くらいだろうか。

住宅ならばといったけれど、部屋の印象は、ビルの一室という感じではなかった。床にはベージュ色のカーペットが敷かれているし、壁紙はクリーム色だ。あまり大きくない窓には、薄緑色のカーテンが掛かっている。家具といえば、部屋の隅にある小振りの整理棚と、中央に置かれた木製のテーブル。そして椅子《いす》が二脚だけ。どれも事務用品ではなく、家庭で使われるタイプのものだ。全体として、人が住んでいるふうではないけれど、仕事場でもない。そんな感じの空間だった。

片方の椅子に、男性が座っていた。この人物が、女性の言った相談員なのだろう。

「どうぞ、おかけください」

男性——相談員は空《あ》いている椅子を指し示した。テーブルを挟んだ向かい側ではなく、相談員と九十度の角度になる位置に置かれている。

どうもと会釈して、椅子に座る。一連の動作の間、男性を観察した。

年恰好はよくわからない。三十代半ばから四十代後半の、いくつでも通用するように見えた。やや細めの顔に、細いフレームの眼鏡をかけている。身体つきも、顔同様に細い。服装は、部屋の印象とは違ってビジネス調だ。グレーのパンツに白いワイシャツ、その上に紺色のジャケットを着ていた。ネクタイは、ジャケットとは少し違う色の紺。髪も短めに調《ととの》えられているから、どこにでもいる会社員のように見えた。

部屋の雰囲気と相談員の雰囲気は、相談に来た者が話しやすいようにという配慮だろうか。事務所のようだと堅苦しいし、相談員があまりに砕けた服装だと信頼がおけない。もし想像が当たっていたら、なかなか考えられている。そしてその点に思い至れる自分は、まだ精神にゆとりを残している。その事実に、少し安心した。

――自分は、なぜここに来たのだろう。

理性的に働く脳で、あらためて考える。

悩みがあり、解決のために犯罪に走ろうとする人間が、世の中には一定数存在する。そんな人たちの相談に乗るＮＰＯ法人の噂を聞いた有馬は、しばらく考えた後、電話をかけた。

確かに、自分は悩みを抱えている。自分にとっては、悩みなどという軽い言葉で片づけられない深刻なものだ。解決のために行動を起こすことも、決心している。

決心しているのなら相談する必要はない。有馬の中の、勢いのある部分はそう主張する。しかし理性が押しとどめたのだ。すぐに行動してはならないと。危険だからと。ふたつの意見が頭の中で戦って、収拾がつかなくなったから、ここに来たのだ。整理するために。

「雨は、もう止みましたか？」

相談員が発言し、有馬は意識を相談員に向けた。

有馬は首肯した。「はい。出るときはまだ降っていましたけど、ここに着いたときには、もう止んでました」

「そうですか。では、帰るときに傘を忘れないようにしないといけませんね」

まずは世間話で、こちらの気持ちを解きほぐそうというのだろうか。いや、本当に情報として知りたかったのかもしれない。相談員の肩越しに窓を見る。カーテンが閉じられているから、外の様子がわからない。

そう思ったのは、相談員の話し方が、柔らかい話し方ではなかったからだ。まるでニュースを読み上げるアナウンサーのような、感情のこもらない響き。

相談員の様子に、有馬は安心と失望を同時に感じていた。自分たちは顔を出さずに活動しているから、相談員が有馬の顔を見て「見たことがあるな」と思わないのは当然だ。しかし「この声は聴いたことがあるな」くらいは思ってくれてもいいではないか。

「さて」

相談員が口調を変えた。こちらに対する興味を含んだ口調に。

声は有馬の右横から聞こえてくる。真正面でなく、九十度の位置に座っているから、顔の向きを変えないと、お互いの顔を見られない。ずっとそうしているわけにもいかないから、自然と相手の顔を視界の隅に捉《とら》えることになる。この配置はありがたい。正面から見据えられると話しにくい話題だからだ。

「ドアには『1』とあったと思います」

相談員は静かに言った。「一号室は、人を殺《あや》めようとする人が入る部屋です。あなたは、どなたかを手にかけようと考えておられる」

相談員の口調があまりに淡々としていたから、有馬は反射的に「あ、はい」と答えた。

自分の声を耳で捉えて、どきりとする。殺意を告白するには軽すぎたからだ。しかし相談員は静かにうなずいただけだった。

「行動を起こす前に、ここに来られたのは賢明でした。相手もさることながら、あなたご自身が不幸になる前に動けたわけですから」

相談員は顔の向きを少し変えて、有馬を見た。

「思っていることをお話しください。この部屋に入るとき、ドアの重さにお気づきになりましたか？　完全防音になっていますから、あなたの話が外に漏れることはありません。当然のことながら、録画も録音もしていません。お話しになることによって、あなたご自身が前向きになることができれば、それに越したことはありません」

お話しくださいと言われても。

有馬はためらう。このＮＰＯ法人は、相談者の秘密は絶対に守ることで有名だ。有馬は相談の予約をする際、名前すら訊かれなかった。ただ予約番号を告げられただけだ。だから自分の話を聞いた後、目の前の相談員が警察に通報しないことは信じていい。それでも自分の殺意を初対面の人間に話すのは勇気が要った。

有馬の逡巡《しゅんじゅん》を見透かしたように、相談員がまた口を開いた。

「まず、基本的なところから始めましょう。相手は、お知り合いですか？」

「はい」

まずは答えやすい質問だ。と同時に、奇妙な質問でもあった。知り合い以外に、殺意を抱くことなどあるのだろうか。

疑問が顔に出ていたようだ。相談員が説明してくれた。

「正義感に燃えて、海外の独裁者を暗殺しようとしている可能性もありますから。それなら、知り合いとはいえないでしょう」

本気なのか冗談なのか、わからない口調だった。横目で相談員の顔を見る。真面目そのものの表情だった。

「いえ。知り合いです」

有馬は相手の顔を思い浮かべる。福留正隆《ふくどめまさたか》。決して生かしておくわけにはいかない男。有馬の殺意が、心の中で炎を大きくした。奴を殺害しなければならない。なんとしても。

相談員は、有馬の心情に気づかぬ様子で続ける。

「相手とは、どのくらい近い関係でしょうか。ただの知り合いというレベルなのか、それとも親密と表現していいくらいなのか」

胸の中に重い塊《かたまり》が出現した気がした。福留とは十年近く二人三脚で走ってきた。親密というなら、これほど親密な相手もいない。そして、だからこそ殺意を抱くことになった。

「——親密、といっていいでしょう」

重い塊を吐き出すように答えた。しかし相談員は、素っ気なく首肯した。

「そうですか。でしたら、やめておいた方がいいですね」

「——えっ?」

あっさり結論を告げられ、思わず訊き返してしまった。自分は福留を本気で殺したいと思っている。それなのに、ろくに話を聞かないうちから否定されるとは思わなかった。

有馬の驚愕《きょうがく》を予想していたのか、相談員が話を続けた。

「相手が死亡すると、真っ先に疑われる立場というわけですから」

「いえ、そんなことはありません」思わず反論していた。「私が奴と言い争いしているところなど、周囲に見せたことはありません」

「そうであってもです」相談員があっさりと否定した。「警察は、被害者に近いところから疑っていきます。あなたは真っ先に調べられるでしょう。そこでアリバイがないことがわかれば、突っ込んだ捜査が行われます。警察は独創性に欠ける組織ですが、的を絞って証拠を探すことに長《た》けています。逮捕のリスクは非常に高いといえます」

有馬は返事ができなかった。

目の前に刑事がやってきて、逮捕状を示す姿が浮かんだ。大勢の制服警官が自分を取り囲み、パトカーに乗せられる。その光景をマスコミがカメラに収めていく。破滅の光景だ。背筋が凍りつき、先ほど燃え上がった炎を鎮火しようとする。

相談員は有馬の恐怖を感じ取ったのだろうか。なおも続けた。

「あなたは相手を殺害しようとしている。では、それが成就したら、警察に逮捕されてもいいとお考えですか？」

「………」

ここで「あいつを殺せたら、自分のことなどどうでもいい」と答えられれば恰好いいだろうと思う。しかし現実は、そんな簡単なものではない。

「逮捕されるわけには、いきません」

正直に答えた。「両親はまだ健在ですし、結婚前の妹と、就職前の弟がいます。家族に、犯罪者の親族という汚名を着せたくはありません。それ以前に、私は逮捕されてすべてを失うのは嫌です」

そう。自分が今この場所にいる最大の理由が、それだ。福留を殺害すると心に決めていても、失うものの大きさを考えると、即実行というわけにはいかない。

「ご希望は理解しました」相談員が簡単に言った。単に理解したことを伝えるためのコメント。

「では、それが可能かどうか、考えてみましょう。そのためには、あなたがどのような殺意を持っているかを、明確にする必要があります」

相談員が、今日はじめて有馬の目を覗きこんだ。「背景をお話しいただけますか?」

「はい」有馬はデイパックからペットボトルを取り出した。キャップを開けて中の緑茶を飲む。電話口の女性が言ったことは正しかった。気分が少し落ち着いた。ペットボトルをそのままテーブルに置いて、口を開いた。

「私は、音楽をやっています。高校時代の同級生とコンビを組んで活動しています。殺したい相手は、その相方です」

ちらりと相談員を見る。音楽をやっているという告白と自分の声から、自分たちのことを思い出してくれたか確認したのだ。しかし相談員は無反応だった。再び失望する。気を取り直して話を続けた。

「奴は子供の頃からピアノを習っていましたが、私は音楽とは無縁でした。でも友人たちと行ったカラオケボックスで、私の歌を聴いた奴が、音楽の道に誘ったのです」

確かに、昔から声はいいと言われてきた。メロディーも外すことなく歌える。しかし、そんな人間はいくらでもいる。にもかかわらず、福留は自分に声をかけてきた。ずっと音楽をやってきた福留は、自分に何かを感じ取ったのだろうか。

「奴は私にギターを練習させました。奴自身はピアノを弾いていますから、同じ楽器は二人必要ありません。それにギターはプレーヤー人口が多いですから、教本の類も充実しています。上達しやすいという判断があったようです。事実、自分で言うのも何ですが、みるみるうちに上達しました」

昔話が長くなると、相手を退屈させてしまうかもしれない。けれど自分の殺意を説明するには、必要な話だった。相談員は興味深げでも関心が薄そうでもなかった。ただ、真剣にこちらの話を聞いている。それが伝わってきた。力を得て、話を続ける。

「大学は二人とも普通の大学に進学して、講義の合間にスタジオにこもって音楽を作りました。作詞作曲編曲を奴が担当して、それを私が歌うという役割分担です。そしてできあがった曲を、音楽投稿サイトにアップロードしました。最初は趣味だったんですが、次第に反響が大きくなりました。ネットの評判を目にした大手プロダクションから声がかかって、メジャーデビューを果たしたのです。私たちは一般企業に就職せず、音楽一本での生活を選びました。現在も、それなりの活動をしています」

「それは」相談員が口を挟んだ。「順風満帆《じゅんぷうまんぱん》と表現していい状態でしょうか」

「そうですね」宙を睨《にら》んで考えた。「そういっていいと思います」

答えながら、なぜ相談員がそのような質問を挟んだかを考えた。成功しているのに、あえて犯罪に手を染めて、すべてを台無しにするのか。そう言いたいのだろうか。

有馬は一度深く息を吸った。確かに自分は成功している。しかしそれは福留殺害を思い留まる要因になり得ない。むしろ成功したからこそ、奴を殺害しなければならないのだ。

「順風満帆は、必ずしも安住を意味しません」

有馬は静かに首を振った。

「一定の成功に満足していれば、私も奴も幸せだったのかもしれません。でも、ひとつのことに打ち込んでいる者は、より進化を求めます。私も、そうでした。最初は歌うこととギターを弾くことで精一杯でしたから、曲を作ることは奴に任せていました。でも音楽にのめり込むうちに、自分でも曲を作ってみたくなったんです。独学で作曲を学び、曲作りを始めました」

あのとき作曲したいと思わなければ、今日この場にいなかった。それは事実だけれど、後悔はしていない。

「習作を作って奴に聴かせたところ『最初にしては、なかなかいいんじゃないか』と素っ気なく返しただけでした。やはり自分の曲など、プロとして通用するものではないのか。そんなふうにがっかりしましたけど、曲作りをあきらめることはありませんでした。相方に認められないのであれば、以前のように投稿すればいいのです。奴に内緒で曲を作り、別名義で投稿サイトにアップロードしました。そうしたら、自分でも意外なくらい、好意的なコメントが数多く寄せられました」

これならいけるのではないか。あらためて福留と話そうとしたとき、聞いてしまったのだ。ライブ会場での会話を。

楽屋に入ろうとしたとき、中からよく知った声が聞こえてきた。

——福ちゃん、『SHUNA』ってアーティスト、知ってる？　最近ネットで話題になってるヒト。結構いい曲を発表してるけど、あれ、有馬ちゃんなんだって。

大物プロデューサーの言葉に、有馬はどきりとした。ノックしようとした手が止まる。

——ああ、あれですか。

福留が返事する。困ったような口調。

——有馬ですよ。でも、一人じゃないです。俺も結構手伝いました。というか、ほとんど俺の仕事ですね。今とは違ったサウンドに挑戦したくて、別名義でやってるんです。

頭を殴られたような衝撃があった。

バカな。SHUNA名義での曲は、すべて自分一人で作った。福留の手など、音符ひとつも入っていない。それなのに、なぜ福留はそのようなことを言うのか。

「私は、ようやく奴の真意を理解しました」

ライブ会場での会話を相談員に聞かせて、有馬は語気を強めた。

「奴は、私が曲を作るのを防ぎたかったんです。自分たちは今まで、奴が曲を作り、私が歌うことで成功してきました。では、その曲さえも私が作ってしまったら？　奴は要らなくなる。奴は、それを恐れたんです」

あのときの怒りが甦ってきて、話す声がかすれた。再びペットボトルの緑茶を飲む。

「奴が私の曲を否定しただけなら、思い切った手段に出る必要などありません。コンビを解散して、ソロ活動すればいいだけの話ですから。けれど私の音楽に対する情熱が、奴のやり方を許しませんでした。奴はミュージシャンとしての私を潰《つぶ》しにかかったんです。ただの歌い手として、奴の掌《てのひら》の上で歌う小鳥に徹しろと」

有馬を音楽の道に誘ったのは福留だ。だから、有馬はずっと福留の後ろから付いて歩かなければならない。福留はずっとそう考えていて、疑ってもいなかったのだろう。有馬が作った曲を聴くまでは。

「単なる商売敵《しょうばいがたき》が潰しにかかったのなら、どうということはありません。そんなものを蹴散らすくらい、いい曲を発表すればいいだけの話です。しかし私を陥《おとしい》れようとしたのが、高校時代から一緒にやってきた相手だったという事実は、重いものでした。奴がやったのは、私に対する裏切り行為です。それは単にミュージシャンとしての私の将来を潰そうというだけではありません。奴は私の作品を自分のものだと嘘をつき、プロデューサーはそれを信じました。業界で力を持つプロデューサーが信じれば、それは事実になります。しかも、あちこちで同じことを言いふらしているようです。奴は、私の作品を盗んで、自分の手柄にすることに、まんまと成功したのです。芸術を志す者が最も犯してはならない罪、それは剽窃《ひょうせつ》です。奴は芸術家としての魂を売ってまで、私の芽を摘《つ》もうとしました。罪に対する罰も、自然と最も重いものになります。それは、死です」

有馬は、福留を殺害することを決心した。彼が生きていることは、自分の音楽人生の足かせになる。福留の死こそ、自分が羽ばたくのに必要なことだ。

自分がなぜここにいるのかを、すべて話した。相談員は、どのような反応を示すだろうか。

相談員は有馬が口を閉じてから、五秒ほど黙っていた。そして自分に対してするように、小さくうなずいた。

「なるほど。わかりました」

そんなことを言った。「合体版ですね」

よくわからない言葉が出てきた。相談員も自覚していたようで、すぐに言葉を足した。

「殺人の動機は、大雑把にいうと、三つに分けられます。怨恨系か、実利系か、その合体版か。怨恨系ですと、殺害そのものが目的になります。一方実利系は、目的を達成しさえすればいいので、相手の殺害以外に達成手段がない場合のみ、実行に移します。合体版は、実利系のように殺害によって目的を達しますが、怨恨も入っているので目的と手段が一体化しています」

相談員はこちらを見た。視線を合わせないような、絶妙な角度で。

「あなたの動機は、裏切りに対する懲罰《ちょうばつ》ということでした。怨恨の色が濃いと思われますが、同時に相手の存在が音楽的成功の障害になると自覚しておられる。少し実利が入っている分、厄介です」

厄介？　どういうことだろう。相談員が解説を続ける。

「あなたが音楽的成功を収めるためには、相手の殺害は必要ではありません。あなたご自身がおっしゃったように、コンビを解消して、ソロ活動をすればいいのですから。あなたはそのことを知っている。知っていながら、懲罰として殺害しようとしておられる。ここが厄介なのです。殺害しか選択肢がないときと比べて、どうしても詰めが甘くなります」

淡々とした口調。しかしその言葉は有馬の胸に刺さった。

「先ほど私が、殺害が成就したら警察に逮捕されてもいいかと伺ったのは、まさにこの点です。あなたは相手への懲罰と共に自分の音楽的成功も希求しておられる。それは迷いやためらいにつながります。やはり、やめておいた方がいいと思われます」

またそれか。そう思ったけれど、反論できなかった。殺そうとした瞬間に「別に殺さなくてもいいんじゃないか」とか「殺して逮捕されたらミュージシャンとしても破滅だ」とかいう考えが頭をよぎってしまうと、失敗するかもしれない。理解できる懸念だった。

「それはつまり」反論する代わりに、有馬は尋ねた。「不退転の決意で臨む必要がある。そういうことでしょうか」

「それが望ましいですが、あまり殺人に固執しすぎると、それはそれで失敗するリスクが高まります。さあ実行だという段になって、想定外の事態が発生した場合、すぐに中止する判断も必要ですから」

冷静な論評ではあるけれど、有馬の耳には、その続きが聞こえた。——あなたにそれができますか？

まだ、できるともできないともいえない。それがわかっていたら、ここに来ていない。

「やり遂げる強い決意を持ちながら、同時に柔軟かつ臨機応変に対応しなければ、成功はおぼつかない。そうおっしゃりたいのですね」

ほんのわずか、相談員の表情が動いた。会話のキャッチボールがきちんとできていることに対する満足。

「そういうことです。ちなみに、実行するのに期限はありますか？　いついつまでに相手を殺害しないと、困ったことになるとか。一緒に活動をしておられるのであれば、仕事の影響を受けることもあると思われますが」

「いえ」有馬は答える。「そういった意味での期限はありません。ですが今の状態を放置していれば、遠くない将来、私の精神が耐えられなくなります」

言葉の意味は正確に伝わったようだ。相談員が小さくうなずいた。

「早ければ早いほどいい。そういうことですね」

「はい」

相談員は、ほんのわずか眉間《みけん》にしわを寄せた。

「行動には、計画と実行が必要です。そこで問題になるのは、殺害方法です。あなたは、殺害について具体的な方法を考えておられますか？」

問われて、頭の中を探る。福留をどのように殺害するか、今まで色々と考えをめぐらせていた。しかし、まだ検討の段階だ。具体的な殺害計画にまで練り上げられてはいない。

「いえ。まだ、具体的には」

相談員は、心配することはないと言いたげに、掌をこちらに向けた。

「行動計画表を作成するほどではなくても、大雑把な方向性は決まっているでしょうか。先ほどの動機につながってくることですが、実利が動機の場合、相手が死にさえすればいい。殺害方法は問われないことが多いのです」

相変わらず、事務的な話しぶりだ。殺人の話をしているとは思えない。

「一方、怨恨が動機の場合は、殺害方法に条件が加わることがあります。やられたことをそのまやり返したい。できるだけ苦しめて殺したい。首をはねたい――そのような条件が付けられることが多いのです。あなたは相手に対する懲罰としての殺害を考えておられる。殺害に条件を付けたいですか？」

問われて、今まで考えてきたことを思い返す。有馬は首を振った。

「いえ。おっしゃるような条件は、特にないです。死にさえすれば」

相談員は小さくうなずく。

「それはいいですね。たとえば十箇所以上の刺し傷がある場合、警察は強い怨恨を疑います。あなたと相手は近い関係ということですから、あなたに嫌疑の目が向けられるのは確実です。先ほど申したことの繰り返しになりますが、他人に争っているところを見せなくても、近しい以上、深い恨みを持っても不思議はないと考えますから」

そのとおりだと思いながらも、話を聞いていて別のことを思いついた。

「先ほどから警察が疑う話をされていますけど、それって殺人であることが明らかな場合ですよね。自殺や事故死なら、警察は疑わないんじゃないでしょうか」

「本当に自殺や事故死と判断されれば、おっしゃるとおりです」

それが相談員の回答だった。

「自殺する理由が見つからなくても、あるいは遺書がなくても、自殺と判断されることはあります。事故死はもっと簡単です。明らかな事故という目撃者がいなくても、現場に不自然なところがなければ、事故と判断されることも、稀ではありません。ですが――」

相談員は、今度は有馬の目を見た。

「警察は死因についての膨大なデータを持っています。現場の状況を過去の事例に照らし合わせて、それが自殺か事故か殺人かを判断します。少しでも怪しいところがあれば、徹底した捜査が行われます。稚拙《ちせつ》な偽装は、あっさり見破られると考えた方がいいでしょう。雑な捜査で事故死や自殺と判断された事例がないわけではありませんが、それを期待して動くのは危険です」

稚拙な偽装とは、ずいぶんな言われようだ。もっとも、自殺や事故死に見せかける具体的な計画を持っていないのだから、言い返せない。

「警察が殺人と判断しても逮捕されないだけの計画を練る必要があるわけですね」

「計画だけではありません。実行もです」

相談員が補足した。

「殺害した後に逮捕されないことを考える以前に、まずきちんと殺害できるかが重要です。殺人事件がよく新聞紙面を賑《にぎ》わせていますが、実際に人を殺すのは難しいのです。そこで伺いたいのですが、あなたと相手には、体格差がありますか?」

「いえ」福留の姿形を思い浮かべながら答える。「奴も、私と同じくらいの身長と体重です」

「体力的には? あるいは腕力的には? 具体的にいうと、喧嘩をしたらどちらが勝ちそうですか?」

「実際に殴り合いをしたことはありませんが、どちらが強いということはないと思います。高校時代、特別体育が苦手というわけではありませんでしたが、どちらも運動部に入っていたわけでもありませんし」

高校卒業後は、ギターよりも重いものは持ったことがないというくらい、身体がなまっている。福留に至ってはピアノ担当だから、楽譜よりも重いものを持ったことがないのではないか。

相手が特別強いわけではないことをアピールしたつもりだったけれど、相談員は表情を曇らせた。

「対等というわけですか。まずいですね。抵抗されたら、殺せなくなります。最悪なのは、行動に移したけれど殺せないという事態です。あなたも、そうなる可能性が高い。断念した方が無難です」

またストップをかけてきた。とはいえ、こちらも引き下がるわけにはいかない。福留には、どうしても死んでもらう必要があるのだ。

「こちらがナイフを持っていて、相手が素手でもですか？」

「そうであってもです」

相談員が断言した。「突き出されたナイフをかいくぐって、相手を仕留める。そんな漫画みたいなことは、たとえ武道の達人であっても、現実には相当難しいといえます。でも、あなたがナイフを振り回すのと同様に、相手も両手を振り回せば、どうでしょうか。手は傷つけられても、致命傷を与えることはできません。その間に大声を出されたり、他人が現れたりしたら終わりです。ちょっと立っていただけますか」

相談員が先に立ち上がった。有馬も立ち上がる。テーブルの横で、二人が向かい合う形になった。手を伸ばしても触れられない距離だ。

「今から私が両手を振り回します。ペンか何かをお持ちでしたら、それをナイフに見立てて、私の胴体なり首なりを刺すことができるか、試してみてください」

デイパックに、確かボールペンが入っていた。探ると、記憶どおり出てきた。ナイフを握るように右手でボールペンを握った。

こちらの準備ができたことを確認して、相談員が両手を振り回し始めた。ラジオ体操を高速でやっているみたいだ。

有馬はボールペンで相談員を刺そうとする。しかし絶え間なく動く両手に邪魔されて、ボールペンを胴体まで届かせることができない。ボールペンが手に当たっているから、これがナイフだったら当たった場所は傷ついているだろう。しかし致命傷ではない。動きを止めるほどの傷にもなっていないだろう。逆に、握ったボールペンが、手の動きに弾き飛ばされそうになる。

脚はどうか。脚を刺せば抵抗が収まるのではないか。しかし脚を刺そうとしてかがんだら、振り回された手が、頭を直撃した。当たる寸前に力を抜いてくれたのか、痛みはほとんどなかったけれど、本気で当たったらダメージは大きいだろう。

無理だ。有馬は右手を下げた。相談員も動きを止める。

「そういうわけです」

そしてまた椅子を勧めてきた。有馬は勧めに従って座る。あれだけ両手を思いきり振り回していたのに、相談員の息は切れていなかった。

「自分だけナイフを持っている。そんな一見有利な状況に見えても、殺害は難しいのです。おわかりいただけましたでしょうか」

つまり殺せないから止めておけということだろう。しかしすぐに反論を思いついた。

「奴はピアノを弾きます。手を護ろうとするのではないでしょうか」

福留は指先の感覚を何よりも大切にしている。自分から手指を危険に晒《さら》すだろうか。その意味を込めた。しかし相談員は無造作に首を振った。

「よく考えてのことならば、そういう判断をするかもしれません。しかしナイフで襲われるというのは、考える余地を与えません。自己防衛本能が働いて、手で防ごうとするでしょう」

ぐうの音も出ない。しかしすぐ次の反論を思いつく。

「お互いが向かい合っていたら、そのとおりでしょう。では、後ろから襲いかかったらいいじゃありませんか」

「そうですね」熱のない反応。「その場合、被害者と犯人が二人きりで、しかも被害者は背中を見せるほど犯人と親しいという現場ができてしまいます。あなたが真っ先に疑われます」

再反論できずに黙り込む。相談員がたたみかける。

「人間の臓器は、肋骨で護られています。背中からナイフを突き立てようとしても、肋骨に邪魔されて目的を達成できないことは、よくあります。首の後ろ、いわゆる盆《ぼん》の窪《くぼ》ならば刃物は入り込めるでしょうが、動く人間の、ごく狭い領域を狙うのは、至難の業です。やるのなら後頭部をバットか何かで思いきり殴りつけて、抵抗できなくしてからとどめを刺すことが考えられます。ですが頭を殴るときに、相当大きな音がします。他人に聞こえてしまう可能性は高いでしょう」

大きな音。有馬はスタジオを連想した。スタジオの中ならば、外に音は漏れない。

しかしすぐに否定する。自分たちはすでに、二人きりでスタジオにこもるような立場ではなくなっている。周囲には、何人ものスタッフがいるのだ。殺人には、最も不向きな場所といえるだろう。

「私と奴は一緒に酒を飲むことがあります。店でも、家でも。酔い潰して、抵抗できなくなってから刺すというのは？」

「相手は、今まで酔い潰れたことがありますか？」

「……いえ、ありません」

相談員がまた眉間にしわを寄せる。「そのときに限ってというのは、疑念を呼び起こします。警察は血中アルコール濃度も調べるでしょう。不自然な量のアルコールが検出されたら、一緒に飲んだあなたは、一気に容疑者になってしまうでしょう」

「そうですか……」

刺し殺すのは難しい。殴るのも弊害《へいがい》が多い。ではどうすれば殺せるのか。ありふれた代案が浮かんだ。

「毒殺はどうでしょうか。それなら体格は関係ありませんし、抵抗もされません」

相談員は困ったような顔をした。

「毒はどうやって調達しますか？　あてはありますか？」

「あてはありません」有馬は素直に答える。「でも、それしか方法がないのなら、何が何でも手に入れます」

「可能かもしれません」完全に否定口調だった。「先ほど私は、警察は膨大なデータを持っていると申しました。そこには、毒物の入手経路も入っています。一般人が毒物を手に入れるには、どのような方法があるか。警察はそれを知っています。ただでさえ、毒殺は証拠を残す殺害方法です。警察はあなたに当てはまる方法を探して、簡単に見つけだしてしまうでしょう」

安易にネットで入手できないかと考えていた有馬は黙り込む。

「それに、毒殺は確実性という点でも劣っています。確かに致死量というものは存在しますが、毒物の効き方は個人差が大きいのです。致死量を飲ませたつもりでも、相手が死なないということは、十分考えられます。誰が飲んでも百パーセント死ぬ量を用意しても、相手が全量飲んでくれるとは限りません。飲んでも、すぐに吐いてしまうことだって、少なくありません。毒物に頼るくらいなら、やめた方がいい」

毒物についての知識がない有馬には、相談員の発言がどこまで正しいのか、判断できない。逆にいえば、その程度の知識しかないのであれば、使わない方が無難なのだろう。

毒物では、確実に殺すことができない。それならば、確実に死ぬ方法を選べばいいのではないか。

「では、転落はどうですか？　高いビルの屋上から突き落とせば、確実に死にます」

「死ぬでしょうね」何度目かの、否定口調の同意。「現在のビルは、どこも自殺者を入れないように、屋上に上がれなくしています。上がっても、飛び降りができないよう、フェンスなどで縁に近づけないようにしています。学校の屋上など、そうでない場所も存在しますが、そこにどうやって相手を連れて行きますか？　あなたが、今までも相手を妙な場所に誘った経験があればいいのですが」

そんな経験はない。自分が福留に「今からビルの屋上に行こう」と誘ったら、怪しまれるだろう。それに、二人並んでビルに向かうところを誰かに見られたら、アウトだ。

「確実な死を望むなら、急所を刺すか、脳を破壊するほど殴るのがいいでしょう。けれど、それがいかに困難かは、理解していただけたかと思います」

有馬は途方に暮れた。

相談員の指摘どおりだ。自分はここに来るまで、どうやったら逮捕されずに殺害できるかばかり気にしていた。しかし問題は、その手前にあったのか。相手を確実に殺害するのが、こんなに難しいとは思わなかった。

疲労と喉の渇《かわ》きを覚えた。ビールが欲しいところだけれど、仮にここにあったとしても、酒を飲みながら殺人の話をするわけにはいかない。緑茶を飲む。息をついて、ペットボトルをテーブルに戻した。

「殺害方法だけではありません」

有馬が気分を落ち着かせたことがわかったのだろう。相談員が話を続けた。

「あなたが相手を殺害するためには、二人でいる必要があります。あなたと相手は近しい関係ですが、現実問題として二人きりになる場所はありますか？　他の人間に気づかれないように、二人きりになる場所は」

福留と一緒にいた時間を思い出す。二人きりで過ごしたことなど、それこそ数え切れないくらいある。貸しスタジオで音楽を作り、投稿サイトに発表していた頃は、ずっと二人きりだったのだ。曲が認められ、プロのミュージシャンとしてスタッフと一緒に作業するようになってからは二人きりの時間は減ったけれど、それでもまったくなくなったわけではない。

「奴はマンションに一人暮らしです。そこには何度も行っています。楽器演奏ができるマンションですから、防音はしっかりしています。ある程度なら大きな音を出しても、外には漏れないでしょう」

「なるほど」やはり熱のない反応。「防音はそうでしょう。では防犯はどうですか？　入口に防犯カメラがあったり、玄関がオートロックで、居住者側からロックを解除しないと中に入れなかったりしませんか？」

「……そのとおりです」

入口のドアは、住民の出入りのタイミングを狙ってくぐり抜けられるかもしれない。しかし福留の死亡時刻前後に自分が出入りする姿が、防犯カメラに捉えられるのは確実だ。

それに、福留には恋人がいる。マンションに恋人が出入りするようになってから、福留は有馬が部屋に来ることを望まなくなっている。福留の自宅は使えないと考えた方がいいだろう。

「私のマンションは、どうでしょうか。うちは防犯設備は調っていません。オートロックも防犯カメラもありません。何者かが入り込んで、奴を殺害して逃げても、記録には残りません」

しかし相談員は、沈痛な面持ちで頭を振った。

「その何者かは、どうやって相手があなたの部屋に行くことを知ったのでしょう。それに、犯行当時、家主であるあなたは、どこにいるのでしょうか。相手を自分の部屋に残して、コンビニにちょっと買い物に行くということはあり得るでしょう。何者かは、どこかでずっと部屋の様子を監視していて、あなたが離れたわずかな隙に犯行に及ぶんでしょうか」

「……無理でしょうね」

簡単に粉砕されたけれど、この意見については特に困らない。実際問題として、自分の部屋で殺人を犯す度胸はない。相談員に指摘されるまでもなく、家主が疑われるのは確実だからだ。

とすると、やはりスタジオか。本格的なレコーディングでは、多くのスタッフが一緒にいるけれど、その前段階では二人で入ることもある。とはいえ現在使用しているスタジオは、プロが使う、管理のしっかりした場所だ。不審者が出入りしないよう、厳重に警備されている。犯行には使用できない。

昔の貸しスタジオならどうか。アマチュア時代によく使っていた貸しスタジオは、一応受付があった。けれどアルバイト店員は仲間と談笑ばかりしていて、人の出入りには無頓着だった。裏口も使い放題だ。もちろん防犯カメラなど、あろうはずもない。あの場所ならば、事件が起こっても有益な証言は得られないだろう。しかし唐突に誘ったら、福留は怪しむ。レストランや居酒屋も、二人で利用することが多い場所だ。個室を使うことだって珍しくない。しかし店員は、二人が同じ個室にいたことを知っている。事件が起こったら疑われるのは確実だ。そして相談員が指摘したように、疑われることは逮捕されることと同義だ。実際に犯人である以上、言い逃れできない。

しかし、まだ手はある。

「通り魔に見せかけてはどうでしょうか。ほら、最近いるでしょう。『誰でもよかった』と言って、近くにいる人間に手をかける輩《やから》が。奴もその毒牙《どくが》にかかったということにすれば」

いいアイデアだと思ったのだけれど、相談員はまた眉間にしわを寄せただけだった。

「通り魔というのは、結果論です。相手が殺害された場合、まずあなたが疑われます。あなたが犯人でないとわかれば、次の関係者、親族と疑っていきます。関係者が誰も犯人でないとわかってから、ようやく通り魔の可能性を考えることでしょう。しかし警察は、そこまでたどり着きません。最初に疑ったあなたを逮捕して、終わりです」

あっさり粉砕されて、有馬はぐうの音も出ない。けれど相談員は、少し優しげな口調に切り替えた。

「そのアイデアはいただけませんが、考えるポイントを提示してくれています。あなたが相手を殺害して逮捕されないつもりなら、別の犯人が必要になります。警察は架空の犯人を追いますが、結局逮捕できない。そんなストーリーが望ましいといえます」

そのとおりだ。福留を殺害した自分が逮捕されないためには、それしかない。

「警察は、犯行にストーリーを求めます。『誰が』『なぜ』『どのようにして』相手を殺害したのか。架空の犯人について、警察が納得いくストーリーを作れないと、あなたが犯人として逮捕されます。それが真相ですから。あなたは、真相を超えるストーリーを作る必要があるのです。この点について考えてみましょう」

相談員は事務的な口調に戻った。

「『誰が』は、具体的な個人を想定しない方がいいでしょう。その人物が疑われたところで、現実に犯人でない以上、警察は逮捕しませんから。現代の警察に、冤罪《えんざい》は期待しない方がいいです。ですから考えるのは『なぜ』と『どのようにして』です。相手が、あなた以外から恨まれるような心当たりはありますか?」

予想しなかった質問に、有馬は戸惑う。考えてみれば当然だ。自分の動機は他人に気づかれるようなものではない。だから動機については深く考えていなかった。しかし相談員が指摘したとおり、他の誰かが福留を殺した場合にも、動機が必要なのだ。

「私たちは一応成功していますから、妬《ねた》みややっかみは受けています。ネット上で私たちの音楽をボロカスにけなしている人も一定数います。中には、私たちを存在させておくわけにはいかないといった、呪詛《じゅそ》のような言葉を書き込む人間もいます」

相談員は眉根を寄せた。

「そういった、あなた方を貶《おとし》める声は、殺害動機になり得るでしょうか」

問われて考える。もちろんけなされていい気分になるはずもないけれど、身の危険を感じたり、名誉毀損で弁護士に相談するレベルではないと思っていた。それでも、確かに自分たちに悪意、あるいは敵意を持っている人間は存在するのだ。

「なり得ると思います。私たちをけなす意見は、今でもネット上に残っていますから、警察はそれを見ることが可能です」

「そうですか」納得の口調。「動機はそれでいいですね。では『どのようにして』架空の犯人は相手を殺害するでしょうか。相当な工夫が必要です。先ほど私は、実際に相手を殺害するのは難しいと申しました。あなたは相手を確実に殺害する方法を見つけだす必要がありますが、その方法は別の第三者にも可能でなければならないのです。しかも、犯人がどうやって相手に近づいて、どうやって現場から逃走したか。少なくとも、架空の犯人にも犯行は可能だったという隙を現場に作っておく必要があるのです」

くらくらしてきた。さらにハードルが上がったということか。反論もコメントもできずに、有馬は下を向いた。そうするしかなかった。

「整理しましょう」

相談員は静かに言った。

「相手と近しいあなたは、最も疑われやすい立場にあります。相手が死んでいて、あなたは生きている。その事実だけで、警察はあなたを疑います。警察があなたを仮想犯人として証拠を探したら、決定的な証拠を見つけられてしまう可能性は高いといえます」

大前提として、危険だと言っているのだ。

「あなたは懲罰として相手を殺害したいと考えておられますが、あなたの社会的成功のためには、殺害は必須ではない。あなたご自身が、そのことを知っています。怨恨の動機が実利を越えられるかどうか、あなたはご自分のお気持ちを整理する必要があります」

気持ちを整理する。あらためてじっくり考えたら、自分は福留を殺害しなくてもいいと考え直せるだろうか。

「あなたが疑われないための、自殺や事故に見せかける偽装は、簡単に見破られると考えた方がいい。実行は破滅に直結します」

犯罪の素人《しろうと》が、プロである警察の目を欺くなど無理だ。そう断言しているのだ。

「殺害のために、二人きりになることにも危険が伴います。二人きりになることを他人に知られてはなりませんし、知られた場合、第三者が入り込む余地を残しておかなければなりません。加えて、二人きりになることを相手が怪しまないような場所と状況を作る必要があります。相手自身がその場所に行くことを望むような状況ならベストですが、かなりの困難を伴いそうです」

つまり、福留のマンションやビルの屋上に誘うことはできないということだ。

「殺害方法の難しさについても説明しました。毒殺は確実性が低いうえに、証拠を残します。転落死は、転落させる場所に連れて行くのが困難だということは、すでにお話ししました」

問題解決のために出した提案が、かえって悪かったという例だ。実行する前に指摘してくれてよかった。

「確実に殺害するためには、刃物で急所を刺すか、完全に脳を破壊するくらい頭部を殴ることが必要です。このうち刃物の方は、たとえ相手が素手であっても防がれてしまう可能性が高いことは、すでに実感しておられるでしょう。背後から刺したら、犯人は近しい人と判断されてしまいます」

相談員の正しさは、実験によって証明されている。

「金属バットのようなもので相手の頭を殴るのは、抵抗を無効化する意味でも有効です。先ほどのように両手を振り回すだけでは防げませんから。ですが、頭を殴ったときに大きな音が出ます。一回殴っただけで死亡してくれるかどうかわかりませんから、何度も殴ることになるでしょう。異様な音が連続すれば、周囲は怪しみます。目撃されたり通報される危険が増すことになります」

そのとおりだ。犯行時刻を正確に推定されてしまうリスクも負ってしまう。音を聞かれないためにはスタジオにこもるしかないが、現在使っているスタジオは警備が厳重だし、以前使っていたスタジオに福留を連れて行くのは困難だ。

相談員は宣告するようにまとめた。

「このように状況を整理したら、あなたが殺害を実行するのが、いかに無謀かおわかりでしょう。決して必要とはいえない殺人のために、現在手にしている成功と、今後手にできるはずの更なる成功を失うことになります。思い留まることをお勧めします」

すべてに、反論できなかった。

相談員が意地悪しているわけではないことは、話す内容に説得力があることから明らかだ。

相談員はなおも続けた。

「相手を殺害さえできれば、後はどうなってもいいというのであれば、強行してもいいでしょう。けれどあなたは、そんな立場にはない。あなたが逮捕されたら、妹さんの縁談は、事実上なくなるでしょう。弟さんの就職にも影響します。建前上は家族のことを採用の条件にするのは御法度《ごはっと》ですが、あくまで建前です。殺人犯を兄に持つことがわかれば、採用担当者はエントリーシートを黙って破棄するでしょう。ご両親だってショックを受けます。子供が殺人を犯したため、罪を償うといって自殺してしまった例は、いくらでもあります」

家族の顔を思い浮かべる。彼らを不幸にするわけにはいかない。絶対にだ。

「あなたが殺人を犯そうとしても、失敗する可能性が非常に高い。仮に成功したとしても、逮捕されるのは間違いないでしょう。ご家族の不幸は約束されています。どうですか？　それでも、必要でない殺人を犯しますか？」

必要でない——。

確かにそうなのだろう。相談員が指摘したように、動機が実利だけであれば。

しかしそれだけではないことを、自分は説明している。自分は裏切りに対する懲罰を望んでいるのだ。福留は、自分を裏切っただけではない。剽窃したことで、福留は福留自身をも裏切った。自分と福留が共に歩んできた道を思い起こすと、福留のためにも福留を殺害しなければならないのだ。

それができないというのか。殺人犯として逮捕されることは、ミュージシャンとしての死を意味する。家族も不幸になる。成功するための殺人が破滅を招いては、なんにもならない。

絶望が有馬の脳を侵食した。仲間のふりをして自分を潰そうとした人間が、これからものうのうと生きていくというのか。解散して別れたところで、彼は別のボーカリストを見つけて活動を続けていくだろう。見ないふり、聞かないふりはできない。

しかし、相談員の言葉がすべてだ。現状では、自分は福留を殺害することはできない。

またペットボトルを手に取った。残った緑茶を飲み干す。顔を上げる。向きを変えて相談員を見ると、目が合った。

——どうしますか？

その目は訊いていた。

「はい」ペットボトルのキャップを閉めて、有馬は口を開いた。

「正直、もっと別の話をされるかと思っていました。人の道だの社会正義だのといった説教で説得されるのかと想像していたんです。でも、違ったんですね。あなたは極めて具体的でした。実務者の視点から決行のリスクを挙げて、失敗という結果を導き出しました。これでやめろと言われたら、あきらめざるを得ません。その意味では、お説教よりもはるかに説得力のある制止でした。こちらのＮＰＯ法人が多くの実績を上げているというのも、理解できます」

相談員がうなずいた。

「そう言っていただけたら、お話しした甲斐《かい》があったというものです」

「ありがとうございました」

有馬は立ち上がった。「いい助言をいただきました。あの、料金は――」

相談員は首を振った。「不要です」

有馬は瞬《まばた》きする。「無料なんですか？」

「はい」相談員が即答する。「ここに来て犯罪を思い留まった人の中には、社会的に成功した人も少なくありません。そんな人たちの寄付で、私たちの活動は成り立っています。あなたも身を滅ぼすことなく成功を収められたら、後輩たちのために考えていただければ助かります」

「そうですね」機械的に返事をする。「憶えておきます」

「ありがとうございます」相談員は礼を言ってくれたが、それで話は終わらなかった。

「今は納得されたと思います。でも、帰宅して時間が経てば、やはり殺せるんじゃないかと考えるようになるかもしれません。そのときには、あらためて今日の話を思い出してください。犯行にどのようなリスクがあるか。失敗したらどんなことになるか。私は具体的に申し上げました。それらを思い出していただければ、道を踏み外すことはないでしょう」

「そうですね」同じ返事をした。「そうします」

失礼します、と言って部屋を出た。事務室の女性に声をかけて、外に出た。一度止んだ雨は、また降りだしていた。おかげで完全に意識から消え去っていた傘を忘れずに済んだ。傘をさして、駅に向かって歩きだす。

福留を殺害できないという結論は耐えがたいものだ。しかし耐えなければならないのだろう。相談員の指摘は、反論の余地がないものだったからだ。

時間をかけて、自分自身を納得させていくしかない。最後に相談員も言ったではないか。「思い出してください。犯行にどのようなリスクがあるか。失敗したらどんなことになるか」と。自分は逮捕されるわけにはいかないのだ。

——待てよ。

有馬は足を止めた。

相談員の話は具体的だった。抽象的な道徳論よりも、よほど説得力があった。相談員は失敗のリスクを強調していた。

では、そのリスクを回避すればいいのではないか？

相談員の説明が具体的だったからこそ、対策を立てられるはずだ。

有馬はしばらくの間、その場に立ち尽くしていた。ただ、頭を働かせていた。

数分後、有馬は歩きだした。

傘に隠れて、口元の笑みは周囲からは見えなかった。

＊

「こんな感じなんだ」

貸しスタジオで、有馬駿は言った。ギターでメロディーを奏でる。福留正隆は難しい顔で聴いていた。「どうだ？」

ＮＰＯ法人を訪ねてから三カ月後、有馬は福留に声をかけた。また習作を作ったから、聴いてほしいと。自分がＳＨＵＮＡ名義で楽曲を発表していることは言っていないし、福留も知らないふりをしていた。

「仕方ないな、わかったよ」

福留はこっそり有馬の活動を妨害していることを隠したいからか、承諾してくれた。「どこで？」

「お前のマンションは、彼女ちゃんがいるからなあ」有馬はからかうように言った。「俺の部屋には鍵盤がないから、お前のアドバイスを受けられないし。いつものスタジオに行くか？」

プロになった自分たちが使っているスタジオのことだ。福留は首を振った。

「いや、あそこは高いから」

案の定、否定してきた。顔見知りのスタッフがいるから、有馬の曲が披露されることを知られたくないのだろう。予想どおりだ。

「じゃあ、前に使ってた貸しスタジオはどうだ？　あそこなら安いし、録音するわけでもないし」

福留は安心したような表情を見せた。「ああ、あそこならいいな」

その承諾もまた、予想どおりだった。これで、相談員が指摘した課題のひとつ、二人きりで相手を望む場所に行かせることに成功した。

加えてこの三カ月、密かに種を蒔《ま》いてきた。SNSで情報発信する際、この貸しスタジオの存在をほのめかしてきたのだ。具体的な所在地には言及しなくても、発信した情報を総合すると、場所が特定できるように。つまり、自分たちがこの貸しスタジオにいることを、第三者がわかるようにしてきた。自分たちの音楽を非難している者たちにも。

そして二人で貸しスタジオに入った。ひとつのビルにいくつものスタジオがあり、人の出入りが多い場所だ。アマチュア時代と変わらない、雑な管理。防犯カメラも設置されないままだ。有馬はピアノのある部屋を予約しておいた。受付で本名を名乗って、現金で料金を支払った。そしてスタジオに入り、以前に作った曲を、福留に聴かせた。

「けっこういいな」感情のこもらない声で言った。「でも、気に入らないフレーズがある」

有馬は怪訝《けげん》な顔をする。「どこだ?」

福留はピアノに向かった。椅子に座り、鍵盤に指を置く。先ほど有馬が弾いた旋律を、楽譜も見ずになぞった。

「このFが、真っ当すぎる。驚きがない」

有馬は不満そうに声を尖らせた。

「驚きがないって、じゃあ、お前ならどうするんだ?」

「そうだな」福留は少しの間宙を睨んだ。そして鍵盤に視線を落とす。「こんな感じかな」

また両手の指がメロディーを奏で始めた。

今だっ!

有馬はピアノの蓋《ふた》に手をかけて、思い切り閉じた――福留の指ごと。

「ぐわっ！」

蓋と鍵盤に指を挟まれて、福留が悲鳴を上げた。しかしここはスタジオだ。声が外に漏れることはない。

福留はプロだ。有馬が聴かせた曲を、譜面を見ずに再現することなど造作もない。だから蓋の裏に付いている譜面立てても使わない。譜面立てが邪魔することなく蓋を閉じられることも、計算済みだった。

もう福留は、両手を振り回して抵抗できない。有馬はポケットから折り畳みナイフを取り出した。福留はまだ両手を蓋に挟まれたままだ。身体の動きも止まっている。首でも心臓でも、狙い放題だ。

有馬はナイフを思いきり福留の首に突き立てた。背後に回って、ナイフを抜く。先ほどまで有馬がいた空間に、棒のように血液が噴き出した。

福留はそのままピアノに突っ伏した。そして二、三度痙攣《けいれん》して、動かなくなった。

やったっ！

福留正隆を殺した！

歓喜が背骨を伝わって脳を突き上げた。自分は本懐を遂げたのだ。

しかし、ここで安心してはいけない。福留は他殺死体となった。このままでは、最も関係の深い自分が疑われるのは確実だ。一緒にスタジオ入りしたことも、店員に見られている。ここからは、架空の犯人に活躍してもらわなければならない。

有馬はナイフを床に置いた。代わりにポケットティッシュを取り出し、ピアノの蓋を拭った。

このポケットティッシュは、自分が使っているものでかまわない。次に出口に移動して、開閉に使うドアレバーを、内側も外側も拭う。「犯人」は、確実にその箇所を触るからだ。いや、もう二箇所ある。

有馬は自分のエレキギターに手を伸ばした。ネックを両手で握る。剣道のように、ボディを前に向けて構えた。そして腕と手首を返して、ギターのボディを宙で半回転させる。自分に向けて。エレキギターのボディが、有馬の脳天にぶつかってきた。それほど力の入るぶつけ方ではなかったから、大怪我したり昏倒《こんとう》したりするほどではない。しかし十分に痛かった。その程度でいいのだ。ボディに、有馬の頭部の皮脂や毛髪が付着すればいいのだから。

福留はナイフで刺され、有馬は頭部を殴られる。相談員が推薦した殺害方法だ。

そして架空の犯人が握ったネックをティッシュペーパーで拭う。ギターは無造作に床に落とした。

さあ、これからが重要だ。近くの椅子に移動して、座面に左手を置いた。一度深呼吸をする。再びナイフを構える。右手を思いきり振り下ろした。ナイフの刃が左手を深々と貫いた。

激痛が走る。痛みに耐えながら、ナイフを抜く。ナイフをまた床に置き、右手だけで柄を拭った。ティッシュペーパーは福留が作った血溜まりに捨てた。入っていた袋もだ。犯人は、逃走する際に外側のドアレバーを拭ったはずだ。そのはずなのに、拭うのに使ったティッシュペーパーが部屋の中にあると、警察が怪しむ。しかし血溜まりに落ちたティッシュペーパーが何に使われたものなのかは、血を吸ってしまえばもうわからない。

左手からは血が流れている。もう使い物にならないだろう。右利きのギタリストにとって左手は、弦を押さえる重要な役割を持つ。自分はもう、ギターを弾くことができなくなった。

それがどうした？

自分の音楽作りに、ギターは必要ない。コンピューターがあればいいのだ。しかし警察は、ギタリストにとってギターを弾けなくなることは、ほとんど死を意味すると捉えてくれるだろう。

それだけではない。福留もまた、ピアノを弾く指を潰されている。有馬がギターを弾く左手を刺されたことと併せて、警察は、自分たち二人を狙った犯行と判断するだろう。自分たちの音楽に反発して、あるいは妬んでの犯行。音楽を奏でる手を攻撃したことから、そんなストーリーができあがる。そう考える根拠は、ネットにいくらでも転がっている。動機として自然なのは、相談員も賛同してくれたことだ。

あからさまな他殺でありながら、自分が疑われない。相談員が指摘した、大前提で最重要な難点。有馬は解決策を見つけだした。それが、自分も被害者になることだった。目的が達成できるのなら、ギターなど捨てても惜しくはない。

最後の仕上げだ。有馬は徒競走のスタートのように腰を低くした。自ら壁に頭を打ち付けるのだ。死なないまでも、ある程度の傷がなければ、警察は納得しないだろう。目の前にギターというあからさまな凶器があるから、壁の痕跡までいちいち確認しないことも計算済みだ。

さあ、ダッシュというところで、有馬は動きを止めた。

自分は、相談員の制止を逆に利用して殺人を行った。先方にとってはとんだやぶ蛇だ。犯罪の発生を防ごうとした意見が、そのまま犯罪に利用されたのだから。なんてお気の毒——今まで、そう考えていた。

しかし、ひょっとしたら、間違っていたのではないか。思い出せ。相談員の話は具体的だった。だから説得力があった。

でも、少し具体的すぎなかったか？

相談員は「こうすれば失敗するよ」と指摘し続けてきたのだ。自分はそれを避けて対策を講じたわけだけれど、結果からすると、相談員は決して自分を止めようとしたわけではないとも考えられる。

相談員の仕事は、まるでコンサルタントのようだった。業績のよくない企業の問題点を洗い出し、成功に導く。それが経営コンサルタントだ。相談員は、同じことをやっていた。失敗しそうな殺人計画の問題点を洗い出し、成功に導いた。実は、あの相談員は、犯罪コンサルタントだったのではないか。

――バカな。

有馬は心の中で頭を振る。犯罪を未然に防ぐのがあのＮＰＯ法人の目的だ。それと真逆のことをして、何のメリットがあるというのか。

いや、ある。相談員は言っていたではないか。社会的に成功した相談者の寄付で、活動は成り立っていると。

相談員は有馬の声を聴いて、人気のミュージシャンであることに気づいたのではないか。そして犯行を止めない方が、ミュージシャンとして大成すると判断した。だから止めるのではなく、犯行計画を成功に導くコンサルティングを行った。将来に向けた布石として。

まさかと思いつつも、有馬は自分の想像が当たっていることを確信していた。

いいだろう。自分は逮捕されず、ミュージシャンとしてより大きくなる。その暁には、多額の寄付をしてやろう。あの無表情を驚愕に歪《ゆが》ませてやろう。

有馬は意識を現実に戻した。あらためて腰を低くし、勢いをつけてダッシュした。先ほどギターをぶつけた頭頂部が、壁に激突した。衝撃で目から火花が出た。これである程度の傷はできただろう。

しかし意識は失っていない。ここからが仕上げだ。有馬は自らの身体を床に横たえた。そして頭を福留の血溜まりに浸すようにする。これで「犯人」は、有馬の頭から大量の血が流れたように錯覚する。有馬も死んだと思って逃走しても、不自然ではない。

すべて済んだ。有馬は頭の傷でも左手の傷でもなく、達成感によって意識が薄れていった。

＊

「SＨＵＮＡさん、この度は受賞おめでとうございます」

音楽誌の記者が、有馬に向かって祝福の言葉を述べた。

「ありがとうございます」

有馬は礼を返す。有馬は先月、アメリカで最も権威のある音楽祭で、外国語アルバム部門の最優秀賞を受賞したのだ。今日は、受賞記念インタビューを受けている。

「ソロになられてからのご活躍はめざましいものがありますが、あの事件の影響はなかったのですか？」

「それはありました」

有馬は思うように動かなくなった左手を、右手で撫でた。

「高校時代からずっと一緒にやってきた盟友を失ったんですから。一度は音楽をやめようとも考えました」

「でも、立ち直られた」

「ええ。あのままやめてしまったら、福留に申し訳ないと思い直したんです。志半ばで死んでしまった福留のことを思うと、音楽をやめることは、彼を裏切ることになる。だから、がんばれたんです。ギターを弾けなくなったことも、逆にエネルギーになりました。犯人は、私と福留の手を潰して、音楽の道を絶ったと思ったでしょう。犯人の狙いどおりにするわけにはいかない。そう思ったんです」

記者は感銘を受けたようにうなずいた。

「そして現在は、後進の指導にも熱心に当たっておられる。才能がありつつ機会に恵まれない新人を支援しておられますね」

「いや、たいしたことはしていません」有馬は右手で頭を搔いた。「基金を作って、チャンスを増やす手助けをしているだけです」

「それだけではありませんね。聞くところによると、NPO法人にも多額の寄付をされているとか」

「ああ、それですか」

有馬は無表情の相談員を思い出しながら答えた。「ずっと昔、精神的に荒《すさ》んだ時期がありましてね。カウンセリングを受けたんです。そのときの体験が、今に生きています。だから恩返しの意味で、わずかばかりの支援をさせていただいています」

記者が身を乗り出した。「それは、どのような体験だったんですか?」

有馬は掌を記者に向けた。

「それは言えません。中で話されたことは、決して外に漏らさない約束ですから」

「そうですか」記者がため息をついた。「残念です」

有馬は微笑《ほほえ》んだ。

「まあ、今に至るまでずっと感謝し続けているという事実から、察してください」

事実だった。有馬は心の中で相談員に話しかけた。

実用的なコンサルティングを、本当にありがとう。

Case 2

夫の罪と妻の罪

夫は人を殺した。

そして、わたしは夫を殺す。

＊

女性事務員がドアの前に立った。

「こちらです」

ドアには『1』というプレートが貼られていた。長い廊下は、奥に向かって左側が窓、右側にドアが並んでいる。そしてここは最奥《さいおう》のドアの前だ。通り過ぎたドアのプレートは見ていないけれど、奥から数えて一番目の部屋、一号室ということなのだろう。

「中に相談員がおります。特に時間制限は設けておりませんので、好きなだけお話しください」

「はい。ありがとうございます」

わたしは礼を言った。好きなだけという言葉に気遣いを感じたからだ。

「お帰りの際には、事務室にお声掛けいただけますか」

「はい」

女性が事務室に戻っていく。事務室のドアが開いて閉じたのを確認してから、一号室のインターホンを押した。スピーカーから『どうぞ』と返事が聞こえてから、重いドアを開けた。

オフィスというには、狭い部屋だ。狭さだけではない。ベージュ色のカーペット、クリーム色の壁紙、薄緑色のカーテンとくれば、一般家庭の子供部屋のようだ。

部屋の中央に置かれたテーブルの傍《そば》で、男性が椅子《いす》に座っていた。こちらは部屋の雰囲気とは逆に、勤務時間中の会社員のようだ。グレーのパンツに白いワイシャツ、その上に紺色のジャケットを着ていた。ネクタイは、ジャケットとは少し違う色の紺。短く調《ととの》えられた髪に、細いフレームの眼鏡。これといって特徴のない顔だちだった。失礼ながら、一度会っただけでは顔を憶えられないだろう。

どこにでもいるサラリーマンのように見えるけれど、そうでないことは明白だった。なぜならこの場所は、暗い悩みについて相談に乗ってくれるＮＰＯ法人の拠点であり、目の前の男性は相談員なのだから。

男性は、空《あ》いている椅子を指し示した。「どうぞ、おかけください」

勧められるまま椅子に座った。テーブルを挟んだ男性――相談員の正面ではない。お互いの視線が直角に交差する位置だ。現在の自分は、とても他人の視線を正面から受けられる精神状態ではない。ありがたい配置だった。

わたしはなぜここに来たのだろう。

視野の隅に相談員を捉《とら》えながら、考える。

行動を起こさなければならない。それはわかっている。けれどやりたくない気持ちも、間違いなく心の中にある。

たとえていえば、換気扇の掃除だろうか。キッチンの換気扇に油が付着して、ベトベトになっている。掃除しなければならないのはわかっている。けれどやりたくない。

面倒くさいというのとは、少し違う。事実から目を逸《そ》らして、知らなかったことにしてしまいたい。でも自分は知ってしまった。その事実は消しようがない――そんな表現が、自分の心情を正確に表している。

犯罪者予備軍たちの駆け込み寺。このNPO法人は、そう呼ばれている。駆け込み寺である以上、目の前の相談員は、自分の犯行を止めようとするだろう。こちらの話を丁寧に聞き、換気扇の油がなかったことにしてくれる。あなたは換気扇の掃除をしなくていいのだと。そんな淡い期待を持っている。それを自覚している以上、逃避のために来たとわかっているのだけれど。

「飲み物は持ってきましたか?」

相談員が訊いてきた。わたしはうなずく。「はい」

トートバッグに手を突っ込み、ペットボトルの緑茶を取り出した。テーブルに置く。電話で予約を取るとき、受け付けてくれた女性が言ったのだ。緊張もするだろうし、ずっと話していると喉が渇《かわ》くから、飲み物を持参した方がいいと。

相談員の目が、わずかに細められた。愛想笑いのつもりなのかもしれない。

「それはよかった。ご遠慮なく、飲みたいと思ったら飲んでください」

「ありがとうございます」

そう返事するしかないコメントだ。では、と開栓して、ひと口飲む。

わたしがペットボトルをテーブルに戻したタイミングで、相談員は再び口を開いた。

「ドアに『1』と書かれていたかと思います。一号室です」

確かにプレートに書かれてあったし、一号室なのだなと自分でも思った。

相談員は、変わらぬ口調で続けた。

「一号室は、人を殺《あや》めようとする人が入る部屋です。この部屋に案内された以上、あなたは、どなたかを手にかけようと考えておられる」

「………」

すぐに答えることはできなかった。相談の予約をする際、電話口で「人を殺したいのだ」と、確かに言った。それでも他人の口から明言されると、まるですでに犯した罪を告発されたかのような錯覚に陥《おちい》ったからだ。

相談員は右手を挙げて、掌《てのひら》をこちらに向けてきた。大丈夫だ、という仕草。

「この部屋の防音はしっかりしています。あなたが何を話されようと、声が外に漏れることはありません。もちろん、録画も録音もしていません。あなたが話した内容を、私以外の人間が知ることはないのです」

相談員は顔の向きをわずかに変えて、こちらを見た。目を覗きこんでくる。

「思っていることをお話しください。そうしてこの面談が終わったときに、あなたが前向きな気持ちになれたのなら、それに越したことはありません」

そのとおりだ。そのために、わざわざ予約を取ってここに来たのだから。しかしいざ話そうとすると、ためらってしまう。正確に、わかりやすく話す自信もないし。

こちらの心情を見透かしたように、相談員は言った。

「まず、最も話しやすいところから始めましょう。あなたは、どなたを殺したいと思っているのですか?」

まるで心臓を刺されたように、身体が硬直した。相談員の言うように、今日の根本がそれだからだ。しかし真っ正面からの問いが、最も答えにくい。しかし答えなければ、今日来た意味がない。意を決して口を開いた。

「わたしの、夫です」

相談員はぴくりとも反応しなかった。

「そうですか」短く答える。「では、やめておいた方がいいですね」

「えっ？」

へんてこな声を出してしまった。止められると予想はしていたけれど、最初のひと言めから否定されるとは思っていなかったからだ。

相談員はわたしの声に反応しなかった。まるで聞こえなかったかのように続ける。

「警察は、被害者に近い人間から疑っていきます。妻のいる男性が殺害されると、まず妻を疑うということです。一緒に暮らしていると、当人同士にしかわからないわだかまりや軋轢《あつれき》が生まれます。一緒に暮らしている分、殺害のチャンスも多いですし、隙を見せる頻度も他人と比べると極端に高いでしょう。警察としては、まず妻を疑った方が効率がいいのです」

相談員はビジネス口調だった。殺人の話をしているとは思えない。

「捜査の結果、妻が犯人でないとわかると、次に近い人間を疑います。親、子供、兄弟、職場の同僚。そんなふうに容疑者の範囲を広げていきます」

相談員はまたわたしの目を覗きこんだ。

「けれどあなたの場合、最も近い妻が犯人なわけですから、捜査は広がりません。あなたを逮捕して終了です。逮捕されたくないのであれば、やめておいた方が賢明です」

「…………」

身も蓋《ふた》もない、けれど反論しようのないコメントだった。しかし、引き下がるわけにはいかない。

「それでも、殺さなければならないんです！」

思わず声が大きくなった。ひやりとしたけれど、相談員の表情は変わらない。防音がしっかりしているというのは、本当のことらしい。

「逮捕のリスクを負っても、ご主人を殺害しなければならない。それほど強い動機があるということですね」

あくまで事務的な口調。「それは、なんですか？」

当然訊かれる質問だ。予想していたから、答えも用意している。それでも、口に出すのはためらわれた。

口に出す決心をするのに、呼吸ふたつ分の間が必要だった。わたしは口を開いた。

「主人が、人を殺したからです」

相談員がはじめて反応を見せた。わずかに目を大きくしたのだ。こちらに対する関心が見て取れた。

「ご主人が人を殺したということですが」相談員は目の大きさを戻した。

「あなたの相談に対して的確な回答をするためには、情報が必要です。ご主人が、誰を殺害したのか。なぜ殺害したのか。そして、なぜあなたがそれを知っているのか――いかがですか？」

喉の奥に、重い石が出現したような感覚があった。その石が気道をふさいで、声を出せなくしている。ここから逃げ出してしまいたい。そんな弱気が湧き上がってくる。いけない。それでは、何も解決しない。それどころか、自分は確実に破滅してしまう。ペットボトルの緑茶を飲んだ。

「……夫が殺したのは、元教師の男性です」

絞り出すように言った。「わたしの、恩師です」

この発言から、相談員は何かを想像したかもしれない。おそらくは、正しい想像を。けれど目の前の男性は、自分の想像を表面には出さなかった。

「ご主人は、奥様の恩師を殺害したわけですね。いったい、なぜなのでしょう」

なぜ――。

掛居《かけい》秀男《ひでお》の顔を思い浮かべる。

「主人の犯罪について、本人と話をしたわけではありません」

夫への殺意。夫の犯罪。被害者の素性。それらを話してしまったら、気持ちが幾分軽くなった。いや、正確にいうと転がり始めたのか。重くて動きにくい精神を、渾身の力を込めて押した。精神が一度動きだすと、後は勢いで進むことができる。

「ですから、主人の動機は正確にはわかりません。それでも想像していることはあります。主人は、わたしが恩師と関係を持ったことに気づいていたのではないかと」

掛居先生は、高校で、自分が所属していた陸上部の顧問だった。

普段の部活動では、特別扱いされたことはなかった。わたしの方も、単なる熱血の――わかりやすくいえば暑苦しい顧問としか思っていなかった。入部以来、何の変哲もない教師と生徒の関係に過ぎなかったのだ。

それが、最後に変わった。

高校三年生で臨んだ、集大成の大会。インターハイに出られるようなレベルではなかったけれど、最後の大会で、自己最高記録を更新できたのだ。

陸上競技は、駅伝やリレーなどもあるけれど、基本的には個人競技だ。わたしが打ち込んでいたのは、走り幅跳びだった。もちろん陸上部の仲間たちとは、強い連帯感を持っていた。けれど残念ながら、最後の大会で好成績を収めたのは、わたしだけだった。だから、みんなの前では喜びを爆発させるわけにはいかなかった。

みんなが帰ってから、わたしは部室に一人残って、喜びを噛みしめていた。そこに、たまたま掛居先生が入ってきたのだ。掛居先生はわたしの姿を認めると、破顔した。

——よくがんばったな。

どきりとした。そのひと言で、掛居先生がどれだけ自分のことを気にかけてくれていたのか、理解できたのだ。

夕暮れの部室で、今までの部活動について話をしていた。ひと言話すごとに、心の距離は縮まっていった。距離がゼロになるまで、時間はかからなかった。わたしの初体験は、二十五歳も年上の、妻のいる男性が相手となった。

しかし、関係はそれ以上深まらなかった。わたしよりも、掛居先生の方が深みにはまることを避けたといえるだろう。先生は、妻と別れてまで女子高生に入れ込む人間ではなかった。

翌年の春にわたしは高校を卒業し、それ以来掛居先生には会わなかった。年賀状すら出さなかった。

「再会したのは、三カ月前です」

話を現在に戻した。

「先生の定年退職慰労会が開かれて、わたしも出席しました。定年というくらいですから六十歳になっていましたけれど、年寄り臭くはなっていませんでした」

わたしはあのときのことを憶えているし、掛居先生も忘れていないだろう。けれどお互いおくびにも出さず、他の卒業生たちと談笑していた。

参加者は、大半が家族持ちだ。一次会で三分の二が帰り、二次会が終わったら全員が帰宅した。そして、偶然か意図してかわからないけれど、掛居先生とわたしが残った。

「卒業以来まったく会っていなかったのに、どうしてそうなったのか、よくわかりません。久々の飲み会で痛飲したためか、たまたま主人が出張中だったせいなのか、わたしに倫理観が欠けていたのか。おそらくは、その全部なのでしょう」

どちらが誘ったわけでもなく、ごく自然にラブホテルに入った。

陸上部の顧問をしていたくらいだから、掛居先生は元アスリートだ。肉体的には頑強だ。しかもわたしが高校生の頃はいわゆる男盛りの年代だったから、精気がみなぎっていただろう。しかし自分は初体験だった。何が何だかわからないうちに終わった印象しかない。

今の先生は、老人の一歩手前だ。あの頃よりも体力は落ちているはずだけれど、わたしはより深い快感を得ることができた。もうずいぶん長い間、夫と身体を合わせていない。だからかもしれない。いや、理由などどうでもいい。夫が出張の多い仕事なのをいいことに、掛居先生と密会を重ねるようになった。

「それを、主人に知られたのだと思います。主人は、掛居先生を殺しました」

相談員は、黙ってわたしの告白を聞いていた。わたしが言葉を切ると、五秒ほど経ってから口を開いた。

「ご主人が、恩師を殺害した。それは、いつのことですか？」

「二週間前です。木曜日の夜でした」

「二週間前」相談員が眉根を寄せた。「それほどの時間が経っているのに、ご主人は逮捕されていない。不思議ですね。ご説明いただいたような経緯だと、警察がご主人にたどり着くのは、それほど難しくないように思えます」

当然の疑問だろう。今度はわたしが掌を相談員に向けた。

「いえ。それは大丈夫です。おそらく、事件は発覚していませんから」

相談員は瞬《まばた》きした。説明を求める仕草。

「先生は退職してから、半年くらいはのんびりするとおっしゃっていました。現役時代はなかなか行けなかった旅行に行ったり、読みたかった本を読んだり、観たかった映画を観たり。その後、働き場所があればと。奥さんには先立たれてますし、様子を見に来るお子さんもいません。ですから、今はふいにいなくなっても、不審に思われないんです」

わたしの説明は、相談員を納得させなかったようだ。また眉根を寄せた。

「ということは、ご主人は先生の死体を隠したということですか。そして、死体はまだ発見されていない」

「はい。あの後新聞やテレビのニュースに気をつけていますけど、先生の死が報道されることはありませんでした。先生は、まだ見つかっていないのだと思います」

「先生の死体は見つかっていない」相談員が繰り返した。「それなのに、なぜあなたはご主人の犯罪をご存じなのでしょうか」

どきりとする。答えたくなかったからではない。あのときの光景を思い出したからだ。一度目を閉じて、そっと開いた。「目撃したからです」

「どんなふうにですか？」

「はい」夫の横顔を思い出して、声が少し震えた。

「主人が、わたしたちの待ち合わせ場所に現れたのです。先生はともかく、わたしの方は不倫です。さすがに人目を忍ばなければなりません。わたしの家からも先生の家からも離れた駅、そこからさらに歩いて十分の、ショッピングモールが待ち合わせ場所でした。防犯カメラのない地下駐車場の、店舗入口から最も遠い角に先生が車を止めて、わたしがそこまで行って乗り込む。そして車で店を出るというのが、わたしたちの待ち合わせパターンでした。出張で夫がいない平日の夜、わたしの会社が終わった後の夜七時に合流するというのが、いつもの流れです」

いつもという言葉から、たった三カ月の間に、自分たちがどれだけ密会を重ねたかが伝わっただろうか。ちらりと相談員を見る。サラリーマンのような男性は、目の前の女の不貞には、まったく関心がなさそうに見えた。

「その晩も、同じ方法で落ち合う予定でした。わたしは地下駐車場に下り、先生がいつも車を止める場所に向かおうとしました。けれど、わたしより先に、先生の車に向かう人影を見つけたのです。一瞬、わが目を疑いました。出張に出ているはずの夫だったからです。出掛ける際、夫は金曜日の夜に帰ってくると言っていました。でも木曜日の夜に戻っていました。わたしに嘘をついて、行動に出たということなのでしょう」

夫は出張に出掛けたときのスーツを着ていた。ただ、荷物が違った。小型のスーツケースではなく、大きめのトートバッグだった。はじめて見る品だ。

「夫とわかった瞬間、わたしは身を潜《ひそ》めました。夫が迷いなく先生の車に近づくということは、浮気がばれたということです。軽いパニックに陥りました。パニックというのは、頭の中がぐちゃぐちゃになってまったく考えられなくなることと思っていましたけど、違うんですね。考えられはするんです。でもいくつもの考えが同時に浮かんできて、どれも選べず行動に移せませんでした。ですから動くことができなくて、離れた場所から、夫の様子を窺《うかが》うだけでした」

密会の待ち合わせに選んだだけあって、平日の夜は人影の少ない場所だった。来る度に見かける商用車——従業員か出入り企業のものかもしれない——の陰に隠れて、わたしは夫の背中を見つめていた。

「夫は運転席の窓をノックしました。窓が開かれます。声は聞こえませんでしたが、夫の唇が動くのが見えました。そして夫はトートバッグに手を突っ込むと、中からボウガンを取り出して、至近距離から車の中に矢を打ち込みました」

地下駐車場は、機械音や換気の風が吹き出す音などで、わりと騒々しい。ボウガンが矢を発射する音は、騒音にかき消されて聞こえなかった。

「夫は運転席のドアを開けて、上半身を車内に入れました。何やらごそごそやっていたかと思うと、そのまま運転席に乗り込んで、車を発進させました。夫がボウガンで先生を殺して、先生を運転席から移動させて、自分で車を運転して立ち去った。そんなふうに見えました。そしてそれ以来、先生と連絡が取れなくなりました」

「連絡が取れなくなった」相談員が静かに言った。「それまでは、どうやって連絡を取っていたのでしょうか」

妻の浮気相手を夫が殺害するという、安物のテレビドラマに出てくるような展開でも、相談員は特別な関心を抱いてはいないようだ。

「普通に、ＳＮＳを使いました。もちろん、関係がわかるような露骨な言葉は使わず、再会をきっかけに陸上部の同窓会誌を作成しようという体《てい》でのやりとりでしたが」

「連絡方法は、それだけですか？」

「はい。会ったときにも次回の話はしていましたけど、普段の連絡はそれだけです」

答えた後、相談員の意図に想像がついた。

「今のご質問は、主人がわたしの浮気を、どうやって勘づいたかということですか？」

「その要素もあります」相談員は素直に肯定した。「配偶者の浮気を知る方法は、いくつか考えられます。あなたの様子がおかしくなったから、探偵事務所を雇って調査した。ご夫婦共通の知り合いが目撃して、ご主人に注進した。あなたが先生とやりとりしているＳＮＳの内容を見た。私が確認したかったのは、最後の可能性です」

「で、でも」反射的に反論していた。「連絡には自分のスマートフォンを使っています。主人が見ることはできません」

反論に、相談員はわたしの目を見ながら答えた。「本当に？」

答えに詰まる。鳥肌が立つような恐怖が全身を襲った。

「同居されているのであれば、相手のスマートフォンを見る機会はあります。たとえば、あなたが使用されていて、セキュリティロックがかかっていない状態でトイレに行ったときとか」

確かに、それならば自分のスマートフォンを夫が見ることは可能だろう。けれど。

「それでは、時間が限られます。短時間では、内容をよく読んで浮気を見抜くことはできないと思います」

「そのときだけなら、そうでしょうね」相談員の表情はやはり変わらない。「その短時間に、内容を精査する必要はありません。セキュリティロックを外すために、自分の指紋を登録してしまえばいいのです。それくらいなら、トイレに行っている間にできてしまいます。後は、あなたが眠っている間とか、入浴中とか、ある程度時間が取れるときにじっくり確認できるのですから」

頭を叩かれたような感覚があった。バッグから慌ててスマートフォンを取り出す。指紋認証でロックを外し、設定画面を開く。セキュリティの項目で指紋登録を確認した。

ぞっとした。画面には『2個の指紋が登録されています』と表示されていたからだ。このスマートフォンは一年ほど前に買い換えたものだけれど、自分以外の指紋を登録した記憶はない。

わたしの反応から、予想が当たっていたことを知ったのだろう。相談員は話を進めた。

「SNSがダメでも、他の方法で連絡を取ることはできますか？　先生がお持ちの携帯電話や自宅の固定電話にかける、あるいは先生のご自宅に直接伺うとか」

わたしは首を横に振った。

「先生の携帯に電話してみましたが、『電波の届かない場所にいるか、電源が切られています』といったメッセージが出るだけでした。自宅の電話番号は知りませんし、自宅の住所も知りません。近所の目が怖いので、先生の家に行くことはできません。住所を知る必要はなかったんです」

相談員は、逆に首を縦に振る。

「そうでしょうね。あなたがご覧になった光景からだと、ご主人に詰問《きつもん》された先生が、二度とあなたと連絡を取らないと約束させられた可能性も残っています。けれどご主人がボウガンを打ち込んだ以上、先生は亡くなっているとお考えなのですね」

「……はい」

心の中で確信していることであっても、他人の口から言われると、やはり重かった。しかしすぐに気を取り直す。うつむきかけた顔を上げた。

「一連の動きもさることながら、わたしが確信したのは、ボウガンを撃った後の主人の表情からです。距離があっても、はっきりとわかりました。主人は、引きつった笑いを浮かべたのです。人間らしさをどこかに置き忘れたかのような笑顔を見て、主人が一線を越えてしまったことを確信しました」

そう。わたしは確信している。夫は殺人を犯したのだし、先生は殺されてしまっている。あの場にいたのは、表情があるのかないのかわからない、いつもの夫ではなかった。感情をあれだけ露《あら》わにしたのを、はじめて見た。狂気を伴うものだったけれど。

納得したのか、相談員は小さくうなずいた。

「わかりました。そこで、本日の本題です。あなたがご主人を殺害しようとする、その理由です。背景を伺うかぎり、動機は先生の復讐《ふくしゅう》と想像できますが、いかがでしょうか」

一瞬「そのとおりです」と答えようとしたけれど、本心が押しとどめた。ここは本当のことを言った方がいいと。わたしはまた首を横に振った。

「いいえ。正直なところ、復讐したいほど先生を愛していたわけではありません。というか、たぶん愛してすらいませんでした。先生との関係は、火遊びの域を出ていなかったと思っています」

「では、なぜご主人を？」

「逮捕されるからです」わたしは本心を口にした。「先ほど、主人が殺されると、妻であるわたしが疑われて逮捕されるとおっしゃいました。同じように、もし先生の死体が発見されたら、警察は主人を逮捕する可能性が高いと思います。すると、わたしは殺人犯の妻ということになります。しかも原因がわたしの浮気にあると報道されたら、その後の人生はかなり辛いものになるでしょう」

簡単に想像できる。義父母からの難詰。周囲の冷たい視線。今の職場にいられるかどうかもわからない。刑務所に行った夫と離婚できたとしても、再婚できる可能性は極めて低いだろう。

「ですが、事件が発覚する前に、主人が死んでしまえばどうでしょうか。警察がいくら主人を疑おうと、自白が取れません。主人が犯人であることが確定してしまうような証拠でもないかぎり、結論は出せないでしょう。結果的に、わたしの人生は護られることになります」

この上なく身勝手な動機だと、自分でも思う。でも犯罪の動機なんて、身勝手以外に何があるというのか。

相談員は、少なくとも表面上は、軽蔑の素振りを見せなかった。

「なるほど。動機としてはあり得ますね。しかしその動機であれば、やはりやめておいた方がいいと思われます」

あまりにも簡単なもの言いに、かちんときた。「どうしてですか?」

「あなたが目撃しているからです」やはり簡単な答え。「あなたが逮捕された場合、警察は動機について尋ねます。ご主人の犯罪を白状することになります。あなたは、あなた自身の口から、ご主人の犯罪を白状することになります。警察の尋問に耐えられる人はそう多くありません。結果的にあなたは、殺人犯の妻であり、自分自身も殺人犯だという立場になります。ご自分の人生を護るどころか、さらに悪い結果になるといえるでしょう」

「………」

自分の動機をそのまま使ってやりこめられた。そんな気がした。反論できない。

しかし相談員は、突き放したままにする気はないようだった。再び口を開いた。

「私は、あなたが犯行に及んだ場合、確実に逮捕される前提で話をしています。あなたご自身も、事件が発覚したらご主人は逮捕されるという前提でおられます。それなのに、あなたは逃げ延びたいと考えておられる。警察のミスを期待するわけではなく、ご主人を殺害しても逮捕されないような方法や段取りを、何かお考えですか？」

ずばりと尋ねられて、口ごもる。「え、えっと……」

考えていないわけではない。けれど順序立ててきれいに話せるほどまとまっているわけでもない。

相談員は答えを急かさなかった。代わりに自分が口を開いた。

「ご主人は、先生の死体を隠したようです。あなたも、ご主人を殺害した後、死体をどこかに隠しますか？」

「いいえ」答えやすい質問だ。「先生と違って、主人は会社勤めをしています。一日や二日なら病欠でごまかせるでしょうけど、それ以上だと会社が騒ぎ始めるでしょう。それ以前に、わたしが会社に病気だなどと説明したら、自分の罪を告白しているようなものです」

相談員が、わずかに満足そうな表情を浮かべた。「そこまでバカじゃなかったか」とまでは思っていないだろうけれど、まともな会話ができる相手で安心したのかもしれない。

「ご主人の死体を隠して、行方不明だと自分で騒ぎ立てることはできますね。ある朝、出勤したまま帰ってこないなどと言って」

確かにそうだ。夫が事件に巻き込まれたと自分から言えば、疑われないかもしれない。

いや、ダメだ。

「主人に何かがあったら、警察は機械的に妻であるわたしを疑います。自分から言ったところで、逮捕されるリスクが下がるわけではありません」

わたしの回答は、相談員が期待していたものだったようだ。目の前の男性は、すぐに言葉をつないだ。

「ご主人が事件に巻き込まれて姿を消したら、そうでしょうね。では、ご主人が自らの意志で姿を消したらどうでしょうか。つまり、失踪《しっそう》」

思わず口を開けてしまった。その発想は、なかった。

「主人が失踪する」口に出して繰り返した。自分の声を耳で聞くことで、考える準備ができた。「主人が身を隠すとすると、最もあり得る理由は、先生を殺したことです。夫が警察から逃れるために逃亡したとすれば――」

そこまで言って、自ら仮説の穴に気がついた。

「そうか。先生の死体が発見されないうちは、事件が発覚しないんだから、逃げる必要はないか」

「警察にマークされる前に逃亡する方が、成功しやすいともいえます。なんといっても、まだ警察は動いていません。国外にも出やすいですし」

わたしは瞬きした。この男は、どうしてこれほど先回りできるのか。多くの犯人候補者の話を聞いてきたら、こんなふうに考えられるようになるのだろうか。

考えろ。夫が警察に嗅《か》ぎつけられる前に高飛びした。そのような仮説は成立するのだろうか。成立すると思う。そう口を開きかけたところで、脳の中から止める声が聞こえた。

「難しいと思います」そう答えた。「お金の問題があります。逃亡には資金が必要です。キャッシュカードやクレジットカードだと、事件が発覚した後に使ったら、居場所を特定されてしまいます。銀行預金を下ろしてから逃げる必要がありますが、夫はそんなことをしていません」

「あなたが代わりに下ろせば？」

「ダメです。ＡＴＭの防犯カメラに写るのがわたしになりますから」

「そうですね」正しい答えに、相談員はひとつうなずいた。「先生を殺害したことによる逃亡説は、成立が難しいようです。それでは、他の理由はどうでしょうか。逃亡には資金が必要でも、失踪には資金が不要な場合があります」

意味のわからない発言だ。現代社会において、生活とは金を使うことと同義だ。それなのに、金が要らないという。わかっていない顔をしていたからか、相談員が補足した。

「具体的にいえば、誰かの資金で失踪後の生活ができるとしたら、いかがでしょうか」

「——ああ」ようやくイメージが湧いた。「誰かと一緒に逃げたら、相手のお金で生活できるということですか」

「可能性としてはあり得ますね。では、奥さんや仕事を捨ててまで失踪する相手とは、どのような関係でしょうか」

考えるまでもない。「浮気相手ですか」

わたし自身が浮気しているのだ。夫が浮気していないと、どうしていえるだろう。浮気相手は金持ちだから、夫が仕事を辞めても、何の問題もない——そんな論法は成り立つ。

相談員が後を引き取る。

「あなたがご主人を殺害して、死体をどこかに隠す。そして夫がいなくなったと自分から言いだす。そういえば、夫は浮気をしていたようだと。そんなストーリーですか」

死体さえ見つからなければ、納得しやすい話に思える。いや、ちょっと待て。

「どうして浮気で失踪しなければならないんですか。わたしと離婚して、正々堂々と浮気相手と再婚すればいいじゃありませんか」

危ない、危ない。犯罪を隠そうとするあまり、おかしな物語に乗ってしまうところだった。

しかし相談員はめげなかった。

「浮気相手が、後ろ暗い方法で大金を得ていたら、一緒に逃亡するかもしれません」

この人は相談員でなく、テレビドラマの脚本家になった方がいいんじゃないだろうか。

「さすがに、作りすぎです」

わたしの指摘に、相談員は目を細めた。

「そうですね。どうやら、ご主人の死をごまかすことは難しそうです」

「………」

そうか。夫の死を隠そうとするのは現実的ではないと自覚させるために、そそのかすようなことを言ったのか。たいした説得の腕前だ。納得させられてしまった。

相談員はなおも言う。

「それに、死体を隠すと気軽に言い続けましたが、実際に行うのは、相当な困難が伴います。大人の男性となると、いくら小柄でも、そこそこ体重があります。どこで殺害するかにもよりますが、現場で車に載せるのもひと苦労です。遺棄する場所に到着しても、そのまま放置というわけにもいきません。簡単には見つからないよう隠したり埋めたりするにも、相当な労力が必要です。女性一人では、現実的に難しいでしょう」

夫の体格を思い浮かべる。中肉中背という表現がぴったりくる。つまり、女の自分が運ぶには、かなり重い。

またわたしが納得するのを待って、相談員は話を続けた。

「ご主人の死体を隠すのは難しい。かといって、先ほどのお話からすると、あなたご自身が逃亡する気もなさそうです。あなたは、ご主人の死が発覚し、殺人事件と断定されても逮捕されないための工夫が必要なのです」

振り出しに戻った気がするけれど、必要な手順だった。何も考えずに殺してしまうと、後が大変なことがわかっただけ、収穫だ。

「殺人にも5W1Hがあります。このうち『誰が』と『なぜ』、それから『何を』は決まっています。ですから『いつ』、『どこで』、『どうやって』殺すかを決めなければなりません。まず『いつ』ですが――」

すぐさま答える。「先生の死が事件になる前です」

「それはいつですか？」

「わかりません。主人が先生を、どこにどのように隠したか、わかりませんから」

「先生の車はどうでしょうか」相談員は言った。「ご主人は先生の車に乗っていったということでしたね。その車が発見されるリスクはいかがでしょうか」

確かに、あり得る可能性だ。けれどわたしは、少し考えてから首を振った。

「いえ。車は先生の自宅に戻してしまえばいいんです。先生の家は一軒家だと聞いたことがあります。わたしは先生の住所を知りませんが、夫は先生の運転免許証を見ることができますから」

「なるほど。すると、やはり先生の死体発見がポイントですね」

相談員は納得したようにうなずいた。

「先生がいつ発見されるかは、わからない。つまり、可及的速やかに実行する必要があるわけですか」

「はい」

先生の死体が発見されるのは、今日かもしれない。五十年後かもしれない。そんな宙ぶらりんな状態では、焦りが増すばかりだ。相談員の言うとおり、早く決着をつけなければ。

「次は『どこで』です。ご主人は、平日は自宅と会社の往復だと思いますが、誰にも見られずに殺害できる場所はあるでしょうか」

「それは、自宅以外でということですか？」

夫は、マンションから駅まで歩いて、そこから電車通勤している。行きも帰りも通勤ラッシュだ。最寄り駅から会社までは、徒歩十分。ターミナル駅だから、周辺は人通りが多い。帰りがけに書店などに寄ることはあっても、人気《ひとけ》のない場所に行くことはない。正直なところ、自宅以外で殺せるとは思えなかった。プロの殺し屋なら、ピンポイントの隙を突いて殺害できるのかもしれないけれど、残念ながら自分は素人《しろうと》だ。

素直にそう告げたら、相談員は小さくうなずいた。

「休日はどうですか？　もうすぐゴールデンウィークです。お二人で旅行に出掛けたりとか」

「そんなことをする関係だったら、浮気なんてしません」

言ってしまってから、悲しくなってきた。

結婚したときは、愛しているつもりだった。けれど子供もできずただ日を重ねているうちに、次第に夫が自分に関心を失っていくのがわかった。そう。嫌いになったのではない。関心がなくなったのだ。

その証拠に、夫は無表情になった。結婚前は、もっと表情豊かだったのに。喧嘩などしない。怒鳴られたりもしない。ごく普通に話をする。でもそれは、必要があるときだけだ。情報を相手に渡して、情報を相手から受け取る。ただそれだけの会話。

「だったら、自宅でもかまいません」

ビジネスライクな口調。その声を聞いて、気合いを入れ直した。そうだ。感傷に浸っている場合ではない。先生の死が発覚して、夫が逮捕される前に殺してしまわなければならないのだ。

「自宅ということは、同居しているわたしが最も疑われやすいということですね」

「それは気にしなくていいでしょう」相談員があっさりと言った。「どのみち疑われるんですから。第三者が入ってきて、ご主人を殺害して、逃走した可能性を消さなければいいのですから」

簡単に言ってくれる。わたしは頭を振った。

「わたしたちはマンション住まいです。マンションの入口はオートロックで、防犯カメラが付いています。管理人も常駐しています。わたしたちも、家にいるときには玄関に鍵をかける習慣がありますし」

「宅配業者を装えば？　お話を伺っていると、宅配ボックスが設置されていそうなマンションですが、宅配ボックスに入れられない品物もあります。大きなものや食品です。それならあなた方がマンションの入口のロックを外しますし、部屋のドアも開けるでしょう。注文した記憶はなくても、お知り合いが地元の名産品を送ってくる可能性も、なくはないですから」

「そうかもしれませんが」

わたしは反論した。この奇妙な相談員と話をしているうちに、反射的ではなく理性的に反論できるようになっていた。

「そのためには、宅配便の制服を手に入れる必要があります。人生がかかっていますから、必要ならそのくらいの努力はしますけど、可及的速やかに実行するという条件は満たせません。それ以前に、わたしが宅配業者を装って入り込んだとしても、管理人が見たらわたしだとすぐにわかってしまいます」

「なるほど」相談員は顔の向きを少し変えて、こちらを見た。

「ということは、警察から濃厚な疑いの目で見られることを覚悟の上で、決行する必要があるということですね。それでは最後の『どうやって』です。あなたは、ご主人をどのような手段で殺害しようとしていますか？」

ここだ。夫を殺すと決めてから、ずっと考えていたのは、この『ＨＯＷ』だった。

「心配していたのは、出血でした」

わたしはそう言った。「先ほど難しいとご指摘がありましたが、自宅で殺して運び出すしかないと考えていました。そのためには、刃物で刺して大出血という事態は避けなければなりません」

「出血させない」相談員は繰り返した。「そういえば、ご主人は先生をボウガンで撃ちました。あれは、なかなかいい方法です。車の中にいる人間を襲うのは、実は難しいのです。ドアの窓枠は、決して大きくありませんから。でもボウガンの矢を打ち込むのなら簡単です。矢が刺さっても、矢を引き抜いたりこじったりしないかぎり、大きな出血は起こりません。死亡した先生を運転席からどけて、自ら車を運転しても、血液が付着する心配がありません。ご主人は、なかなかの策士ですね」

ひょっとして、褒《ほ》めているのだろうか。別に嬉しくないけれど。

「出血を伴わない殺害方法として、どのような手段を考えておられましたか？」

そうだ。今は夫の手柄の話ではない。自分の未来の話をしているのだ。わたしは相談員を上目遣いで見た。

「最初に考えたのは、首を絞めることです。眠っている間であれば、わたしにもできるのではないでしょうか」

「できるかもしれません」不同意の口調。「どのタイミングでご主人が目覚めるかの問題でしょうね。気づいたときにはもう手遅れというのが最も都合がいいですが、首筋はデリケートです。すぐに目覚めてしまうと、その後は修羅場になります」

つまり失敗のリスクが高いと言いたいのだ。驚きはない。すでに考えていたことだからだ。

「そうですね。次に考えたのは、ビニール袋を被せることです。スーパーのレジ袋みたいな、半透明の袋を頭から被せて、持ち手を縛ってしまえば、息ができなくなります。しかも視界を遮りますから、何が起きたか理解できないでしょう」

「袋を取ろうとする、あるいは破ろうとするでしょうね」

「はい。でも、ビニール袋を二重にして、縛る場所を変えたら、簡単には取れません。口元に穴を空けようとしても、二枚あるとすぐに空気は吸えません。破れたら、すぐさま次のビニール袋を後ろから被せることを繰り返せば、いずれ死ぬでしょう」

「死ぬでしょうね」またも不同意の口調。「ただ、それまでの間ご主人はビニール袋を取ろうと大暴れします。視界が利かないから転ぶでしょうし、息ができないと手足をバタバタさせますから、壁や床に激しくぶつかります。最近のマンションは防音がしっかりしているとはいえ、隣の部屋に聞こえなければいいのですが」

夫がいなくなり、警察が捜査を始めたとする。当然隣家に話を聞くだろう。すると隣人は「この前、争うような物音が聞こえた」と証言する。結果として、自分は逮捕される。

わたしは首を振った。

「期待できません。ですから、この案も捨てました。首を絞める、息を止める方法は、時間がかかりすぎます。格闘になったら勝てるわけがありませんから、反撃の暇を与えずに仕留めてしまう必要があります」

まるで狩猟だなと思いながら、話を続けた。

「一撃で反撃能力を奪うとなると、殴るか刺すかになります。刺すと出血しますから、殴るのはどうでしょうか。眠っているところを殴りつけて、動けなくなってから首を絞めるとか」

色々と考えた末、これが本命だという結論に達した。実現可能性は高いと思ったのに、相談員は渋い顔をした。

「殴るというのは、実は確実性が低い方法です」

相談員は掌で輪を作り、腕を振った。何かを握って殴る仕草のようだ。

「まず、何で殴りますか？　動けなくなるほどのダメージを与えるのであれば、そこそこの重さが必要です。それでいて、女性の腕力で扱えなければなりません。そのようなものが、ご自宅に置いてありますか？」

返答に詰まる。「――傘とか、麺棒《めんぼう》とか」

「話になりません」一刀両断。「軽すぎます。『痛い』で済むレベルですから、大騒ぎになります」

「金属バットを買います」

「証拠になります。警察は受けた傷について、膨大なデータを持っています。殴られた跡を見たら、何で殴られたか推定できます。妻であるあなたは疑われることが確定していますから、あなたがバットを購入した証拠を追います。そして見つけだすでしょう。警察は、ピンポイントの証拠を見つけるのが得意な組織なのです」

そこまで断言されてしまえば、言い返せない。

「それから、いくら動いていないない相手だからといって、簡単に殴れるとは思わない方がいいです。

緊張もしていることですし、手元が狂いやすい状態です。狙いを外すか、当たっても動けなくなるほどのダメージを与えられない可能性は、決して低くありません。殺す目的でも、ダメージを与える目的でも、殴るのはお勧めできません」

回りくどい説明だったけれど、要は失敗すると言っているのだ。

「確実性を求めるのであれば、刺す方がまだマシです。相手が眠っているときに、喉に切っ先を当てて、そのまま自分の体重をかければ、刃は潜り込みます。大出血しますし、返り血を浴びて大変なことになりますが」

それは困るから、刺殺は捨てたのだ。何の参考にもならない。

「加えて、ご主人の気持ちもあります。ご主人は、殺人を犯しました。まだ事件になっていないとはいえ、いつ自分の罪が露見するかと神経過敏になっています。言い換えれば、常に警戒態勢になっているわけです。しかも殺人の動機が、妻であるあなたの浮気にあるのなら、あなたに対しても今までと同じ気持ちで接していないでしょう。そんな相手を殺害するのは、普通の殺人よりもはるかに困難です」

夫は、まったく変わってないよ――そう言い返したかった。先生を殺した後も、今までと同じく表情のない顔を向けてくるのだから。しかし、そんなことを言っても、何の意味もない。そして反論できないのも事実だ。他に夫を殺す方法を思いつかない。

相談員が改まって言った。

「おわかりでしょう。ご主人を殺害して逮捕されないどころか、殺害することすら困難だということです。殺害できたとしても、自宅から運び出す方法がありません。無理に決行すると、必ず不幸な結果に終わります」

「………」

「殺害以外の方法で、ご主人と距離を取ることを考えてください。幸いというべきか、先生の死は表沙汰《おもてざた》になっていません。あなたは、現在連絡が取れなくなっているだけで、先生が死んでいるとは思っていない状態です。いっそのこと、ご主人に対して『他に好きな人ができたから、別れて』と言ってみるのです。先生の死を隠したいご主人は、素直に同意してくれるかもしれません。ご主人の犯罪を知らないことにして上手に離婚できれば、元ご主人が逮捕されたときにはあなたは他人です」

「………」

そうだろうか。そうするべきなのだろうか。

そうするべきなのだろう。夫が殺人犯だというより、自分が殺人犯だという方が、ダメージははるかに大きい。後ろ指をさされながらも街中で自由に暮らす生活と、刑務所の中の生活。どちらがいいかと言われれば、考えるまでもない。

悔しかった。夫は殺人を犯しながらのうのうと暮らしているというのに、自分はその入口にすら立てないのだ。

相談員に話したように、それほど先生に思い入れはない。単なる火遊び、あるいは退屈な日常に刺激を求めただけというのは本音だ。けれど夫が先生を殺害したという事実は、やはり許しがたいのだ。いくら、相談員が褒めるほど上手に殺したとしても。

――待てよ。

相談員は、わたしは夫を殺せないと言った。

相談員は、夫を殺せても死体を隠匿《いんとく》できないと言った。

感情に訴えるのではなく、可能性をひとつひとつ潰《つぶ》すやり方で、わたしを思い留まらせようとしている。夫が行った殺害方法まで引き合いに出して。けれど。

本当か？

わたしは肩を落とした。わざとらしさを感じさせないくらい自然な仕草で。

そのまま数秒間うなだれ、ゆっくりと顔を上げた。

「そうですね」意識的にサバサバとした表情を浮かべた。「おっしゃるとおりです。成功率の低い犯罪に人生を賭けるわけにはいきません。夫の破滅に巻き込まれない、他の方法を考えてみます」

「おわかりいただけましたか」

相談員が言った。わずかに、安堵が混じっていただろうか。

「ご主人は、先生の殺害に成功しました。でも、完全犯罪とはとてもいえません。現場となった駐車場に他人がいなかったのは幸運に過ぎません。事実、あなたが目撃していたわけですし。先生の死が明らかになったら、ご主人は間違いなく逮捕されるでしょう。そのご主人を殺害しようとしたら、あなたも同じ道を辿《たど》ります」

最後のひと押しのつもりなのだろうけれど、わたしは全然聞いていなかった。自分の思考に集中していた。立ち上がる。

「今日は、本当にありがとうございました。おかげで、すっきりしました」

相談員も立ち上がった。

「それはよかった。お話しした甲斐《かい》があったというものです」

自ら出口に向かい、重いドアを開けてくれた。あらためて礼を言って、部屋を出る。事務室の女性に声をかけて、建物を出た。

数歩歩いて立ち止まる。振り返った。最奥の部屋にいる男性に、心の中で声をかけた。

ありがとう。ヒントをくれて。

*

夫が食器を洗い終わった。

夕食を作るのは、当番制だ。そして作ってもらった方が、使い終わった食器を洗うルールになっている。冷め切った夫婦仲でも——いや、だからこそ——決められたルールは守られていた。

明日からゴールデンウィークだというのに、何の予定も入れていない。夫から旅行に行こうという誘いはなかったし、自分からも言いだしていない。放っておけば、このまま何もしないうちに、だらだらと休みを浪費することになる。

「風呂に入る」

夫は短く言った。

チャンス到来だ。

「わたしもすぐ入るから、中は片づけなくていいよ」

そう声をかけると、夫はうなずいた。そして夕オルと着替えを持って、脱衣所に消える。耳を澄ましていると、浴室のドアが開閉される音に続いて、シャワーの水音が聞こえた。

いよいよだ。

わたしは自分の衣装ケースを開けた。夫が決して触らない場所。そこから、小振りなボウガンを取り出した。

偽名で取得したメールアドレスを使って、闇サイトから手に入れたものだ。ちょっと工夫すれば、自分がボウガンを購入した形跡を残さないことは可能なのだ。

ヒントは相談員の言葉だった。

——矢が刺さっても、矢を引き抜いたりこじったりしないかぎり、大きな出血は起こりません。

これだ。だから夫は、先生の死体を運転席からどけて、自分で運転することができた。だったら、自分も同じ方法を使えばいいではないか。

最初は、そう考えた。しかし、もっといい長所を思いついた。それは、一撃で相手を黙らせることができる点だ。夫は至近距離からボウガンを撃った。あれでは、先生は避けようがない。夫も避けられないだろう。

夫が出張に出ている間に、ボウガンを撃つ練習をした。撃った瞬間の、思いがけない衝撃に戸惑ったけれど、何回か撃っているうちに、コツがつかめてきた。これなら、間違いなく当てられる。

最初は、寝ている間に撃ち殺そうかと思った。しかし思い留まった。夫は出血させずに先生を殺したかもしれない。けれど自分が実行したときにも、出血しないとは限らないではないか。刺さった場所にも影響するだろうし。

だから、出血しても問題ない場所を選んだ。それが浴室だ。浴室ならば、いくら出血しても洗い流せる。

そこから、さらに連想が進む。浴室では、いくら血を流してもいい。それならば、夫の死体を運び出すことも可能なのではないか。

わかりやすくいえば、解体だ。夫の死体を解体して、少しずつ運び出す。肉片にしてしまえば、街のショッピングセンターのトイレにでも流してしまえる。骨は流せないけれど、一本ずつバラバラに埋めてしまえば、露見のリスクはかなり下がるだろう。

幸い、明日からゴールデンウィークだ。この連休を、夫の死体を処分することに使おう。会社も休みだから、夫が出社しなくても、同僚は怪しまない。

夫がいなくなり、警察は自分を疑うことになる。いいよ。好きなだけ疑ってくれてかまわない。いくら疑ったところで、死体がなければ何もできない。相談員と話したように、先生を殺害したことによる逃亡とも解釈できるからだ。そして一定期間が過ぎたら夫の死亡が認定されて、自分はかわいそうな未亡人となる。それで、作戦完了だ。

夫の入浴は、烏《からす》の行水だ。もたもたしていると、出てしまう。ボウガンに矢をセットして、そっと脱衣所に入った。

チャンスは、浴室のドアが開いた瞬間だ。そこに矢を打ち込めば、夫は自分の身に何が起きたのか理解できないまま、死に至る。

水音が止まった。もうまもなく夫が出てくる。外しようがない、夫の胸の高さにボウガンを構える。ドアが開いた。

今だっ！

引き金を引いた。ビシッという鋭い音と共に、矢が放たれる。矢が夫の胴体に潜り込む、鈍い音が聞こえる——はずだった。

しかし聞こえたのは、矢が硬いものを貫通する音だった。

ドアの向こうを見る。矢は、浴室の壁を貫いていた。

あれ？　夫は？

そう考える間もなく、全裸の夫が姿を現した。構えたままのボウガンをつかまれた。押してくる。わたしは自分が構えたボウガンで胸を突かれ、後ろ向きに転んだ。脱衣所の壁に頭を打ち付けた。目から火花が出て、床に転がる。夫が浴室から出てきた。

「やっと、来てくれたか」

そんなことを言った。頭を強打したから、思考がぼんやりしている。それでも意味不明な言葉だった。

「おまえが、俺に興味をなくしていくのが、よくわかったよ。昔はあんなによく笑ってたのに、今は何の表情もないんだから」

――えっ？

夫は何を言っているのだろう。妻に関心を失い、表情を見せなくなったのは、夫の方ではないか。

それとも、自分もそうだったのか。夫に呼応するように関心を失い、感情を表に出さなくなったというのか。

「おまえの様子がおかしくなって、スマホを調べたら浮気していることがわかった。悔しかったよ。あんなじいさんに寝取られたからじゃない。おまえが、俺以外の男に関心を持ったからだ」

頭を打ったからか、身体が動かない。それを見越したかのように、夫は裸のまま喋り続けた。

「どうしたら俺に関心を戻してくれるのか。そればかり考えて、出た結論が、あのじいさんを殺すことだった。でも、ただ殺すだけじゃダメだ。俺が殺したことを、おまえに知ってもらわなけりゃならない。だから、待ち合わせ場所で、待ち合わせ時間に実行した。おまえに見てもらうためだ」

動かない身体が、さらに硬直した。自分は夫の犯罪を目撃した。それは、夫が仕組んだことだというのか。

考えてみれば、当たり前だ。夫は自分のスマートフォンを盗み見して、待ち合わせ場所に行った。そこに自分が来るのは当然なのだ。それなのに、目撃の可能性に気づかなかったわけはない。むしろ、目撃されることを前提に犯行に及んだと考える方が自然だ。

「おまえが車の陰からこっちを見ていたのはわかっていた。俺がじいさんを殺したのを知ったおまえがどんな行動を取るのか。俺が知りたかったのは、それだ。でも、おまえときたら、何の反応もなかった。表情も、あいかわらず無表情のままだ。俺は、おまえが恐ろしくなったよ。あんなに浮気を繰り返した男が殺されても、何も変わらないんだから」

違う。変わらないなんてことはない。散々悩んで考えたからこそ、あなたを殺そうとしたんじゃないか。

「でも違った。それがわかったのは、ついさっきのことだ。風呂に入ると俺が言ったら、おまえはにたーって笑った。理性がどっかに飛んでいった笑い。あの笑いを見ただけで、おまえが俺を殺そうとしているのがわかった」

——えっ？

自分は、笑みを浮かべていたのか。夫を殺すチャンスだと思って。

夫は「理性がどっかに飛んでいった笑い」と表現した。それは、先生を殺したばかりの夫が浮かべていた笑みだ。わたしもまた、同じ笑みを浮かべていたというのか。わたしたちは、そんな似たもの夫婦だったのか？

「おまえが攻撃を仕掛けてくるのなら、風呂場から出る瞬間しかないと思った。だからドアだけ開けて、身体はドアの陰に隠した。さすがにボウガンの矢が飛んできたときは驚いたけど、いい手段だと思う」

夫の姿が視界から消えた。浴室に戻ったことはわかった。次に現れたときには、手に矢を持っていた。浴室の壁に突き刺さった矢を抜いたのだろう。足元のボウガンを拾い上げて、矢をセットする。

「嬉しかったよ。おまえは俺を殺そうとすることで、俺に関心を持ってくれた。それで十分だ」

夫がボウガンを構えた。こちらに向けて。

不意に、相談員の顔が浮かんだ。面談の最後に、相談員は何と言っていたか。夫の殺人は、完全犯罪ではないと。事実、自分に目撃されているではないかと。

あのときは、新しい殺人計画を考えるのに夢中で、相談員の言葉をほとんど聞いていなかった。しかしあれには重要な意味があったのか。先生と待ち合わせた場所と時刻に現れて犯行に及んだ以上、夫はわたしが目撃することを計算に入れていた。だから、わたしが復讐のため自分を殺そうとすることを予想しているはずだ。そんな夫を殺害するのは極めて難しいから、やめておきなさいと。面談の際には、自分は決行をあきらめたふりをしていた。だからそこまで詳しく言わなかったのか。

夫の男根は屹立《きつりつ》していた。

「俺たちは夫婦だ。おまえ一人を逝かせない。俺もすぐに後を追うから、心配するな」

ボウガンを握る、夫の人差し指に力が入った。

わたしが最後に見たのは、人間らしさをどこかに置き忘れたような、夫の笑顔だった。

Case 3

ねじれの位置の殺人

白坂花梨《しらさかかりん》は死んだ。

白坂木乃美《このみ》が殺したのだ。

*

「こちらです」

女性事務員がドアを指し示した。

長い廊下の、最奥《さいおう》にあるドア。『1』というプレートが貼られている。建物の端にある部屋だから『1』、すなわち一号室というのは、理解できる。

女性事務員が続ける。

「中に相談員がおりますので、インターホンを押してお入りください。特に時間制限は設けておりませんので、納得いくまでお話しください」

「ありがとうございます」

気遣いを思わせる発言に、服部建斗《はっとりけんと》は簡単に礼を言った。

「お帰りの際には、事務室にお声掛けください」

「わかりました」

女性事務員が廊下を戻っていく。彼女の姿が事務室に消えたところで、あらためてドアに向き直った。インターホンのボタンを押そうと右手を挙げて、動きを止める。

自分は、この部屋に入るべきなのか。

入ると、相談員と向き合わなければならない。そして自分の気持ちを吐き出さなければならないのだ。そうしていいのだろうか。そのために来たはずなのに、この土壇場《どたんば》でためらってしまう。殺意を口にするというのは、それほど重大なことだと、あらためて実感が湧いてきた。

それでも、入らないという選択肢はない。このまま引き返してしまえば、再びあの悶々《もんもん》とした気持ちを抱えたまま暮らさなければならない。それが耐えられないから、ここに来たのではないか。服部は一度深呼吸してから、インターホンのボタンを押した。

スピーカーから『どうぞ』という返事が聞こえた。もう引き返せない。服部はドアノブをひねってドアを開けた。思いのほか重い感触があった。

思ったより狭い部屋だった。一般家庭の子供部屋といった程度の広さだろうか。ベージュ色のカーペット、クリーム色の壁紙、薄緑色のカーテンという温かみのある色合いも、そんな印象を強くしている。

部屋の中央には、小振りなテーブルが置かれていた。椅子《いす》は二脚。正対しているのではなく、九十度の角度になるよう置かれている。その片方、窓を背にした方に、男性が座っていた。

細い身体と、それに見合った細めの顔。短く調《ととの》えられた髪に、これまた細いフレームの眼鏡をかけていた。年齢の見当がつかない。元々年長者の年齢は想像しにくいものだけれど、この男性は特に際立っている。三十代半ばから四十代後半の、いくつだと言われても納得しそうな気がした。白いワイシャツにグレーのパンツ、そして紺色のジャケットという服装をしていた。一見しただけでは、どこにでもいる普通の会社員のようだ。子供部屋のような室内に似合わない。

男性は、空《あ》いている方の椅子を指し示した。「どうぞ、おかけください」

服部は会釈してから、背中のデイパックを下ろした。椅子に座って、デイパックを膝の上に載せる。九十度の角度だから、お互いが正面を向いていると、視線は合わない。初対面の相手と正面から向き合って話したい内容ではない。その気持ちを慮《おもんぱか》って、この配置にしてくれているのだろうか。だとしたら、ありがたい配慮だった。

お互いが微妙に顔の向きを変え向き合った。しかし、目は見ない。その下、口元辺りをなんとなく見る感じになった。

ありふれた会社員ふうの男性。けれど、そうでないことは、はっきりしている。

犯罪者予備軍たちの駆け込み寺。このNPO法人は、そう呼ばれている。

かっとなって衝動的にやってしまう犯罪ではなく、計画を立てて目標を達成しようとする犯罪。そんな計画、あるいは計画というほど明確でなくても、志向している人間たち。それが犯罪者予備軍だ。

しかしそんな犯罪者予備軍たちも、迷いや葛藤《かっとう》がないわけではない。犯罪はリスクを伴う。逮捕されて人生が終了してしまう危険があるのに、本当に実行してしまっていいものなのか。そうも考えている。

いや、それ以前に、自分にとって絶対に必要な犯罪なのか。本当は不要なのに「やらなければ」と思い込んでいるだけではないのか。心のどこかで、自分自身にそう問いかける声が聞こえる。そんな自分の本心がわからなくなった人間が、相談に訪れる場所がある。それがこのNPO法人だ。

そういう法人の相談室にいる以上、目の前の男性は普通の会社員などではない。犯罪者予備軍の話を聞いてアドバイスをくれる、プロの相談員なのだ。

服部は男性――相談員に対して、あらためて会釈した。

「本日は、お時間をいただき、ありがとうございます」

世間知らずの大学生とはいえ、この程度の礼儀は知っている。相談員は会釈を返してきた。

「いえ。そちらこそ、よくぞお越しくださいました。ここで自分の思っていることをお話しいただき、少しでもすっきりした気持ちになっていただければと思います」

やや抑揚《よくよう》には欠けるものの、ゆっくりとして聞き取りやすい話し方だった。声も高すぎず低すぎず、聞いていて不快になるような響きではなかった。

相談員は同じ口調で続けた。

「飲み物は持ってこられましたか?」

「あっ、はい」膝に載せたデイパックに手を当てた。そこには、緑茶のペットボトルが入っている。電話で予約した際に、応対してくれた担当者が言ったのだ。話していると緊張するし、喉も渇《かわ》くから、飲み物を持参した方がいいと。気温もかなり高くなってきた。緊張して喉がカラカラになることは想像できた。だから助言に従って、冷えた飲み物を用意してきたのだ。

「飲みたくなったら、いつでも自由に飲んでください」

「はい。ありがとうございます」

素直に礼を言った。

相談員の表情が、わずかに引き締まった。

「ドアには『1』と書かれていたと思います。一号室ということです。一号室は、人を殺《あや》めようとする人が入る部屋です」

相談員は服部の目を見た。

「この部屋に案内された以上、あなたは、どなたかを殺めようとしておられる」

どきりとした。電話で予約する際、自分は確かにそう言った。けれど他人からはっきり言われてしまうと、その言葉は砲丸となって服部の胸にぶつかってきた。一瞬、息が止まる。白坂木乃美の顔が頭に浮かぶ。そして、白坂花梨の顔も。

相談員は「大丈夫だ」というふうに、掌《てのひら》を下に向けて上下させた。

「この部屋は、しっかりとした防音がなされています。この部屋で話されたことが廊下に漏れることはありません。もちろん録画も録音もしていませんから、あなたが話された内容を、私以外の人間が知ることはありません。ですから、安心して思っていることをお話しください」

安心してと言われても。

正直、そう思う。けれどやってきたのはこちらの方だし、聞いてもらいたくて、わざわざ足を運んだのだ。それでも、どう切り出していいのか、迷ってしまう。

今まで、相当な人数の相談を受けてきたのだろう。なかなか口を開かない服部に対して、相談員は苛立《いらだ》つ様子も見せずに、静かに口を開いた。

「では、最も話しやすいことから始めましょう。あなたは、どなたを殺したいと思っているのですか？」

また砲丸がぶつかってきた。最も話しやすいことであるのは確かだ。けれど同時に、最も話すのに勇気が要ることでもある。服部は自ら決断を促すように、大きく深呼吸した。

「大学の友人です」

言ってしまった。また大きく息をついた。

相当な勇気を必要としたのに、目の前の相談員はまったく表情を変えなかった。

「大学の友人」機械的に繰り返す。「正確を期すために確認したいのですが、『大学時代の友人』でしょうか。それとも『現在通学している大学の友人』でしょうか」

一瞬の間を置いて、相談員の質問の意味が理解できた。確かに自分の外見だと、現役大学生にも、社会人になりたてにも見えるだろう。

「私は、大学三年生です。ですから相手は、現在通学している大学の友人です」

相談員は小さくうなずいた。「なるほど。では、相手との関係をもう少し掘り下げてみたいのですが、同じ学部学科なのでしょうか。それとも同じサークルの仲間なのか、あるいはアルバイト先で知り合った関係でしょうか」

「同じサークルです」

服部は即答した。自分の殺意を告白するのには、勇気が要った。重い石を抱えて坂の頂上まで登るように。けれど一度口に出してしまえば、それは石を坂道に落とす行為と同じだ。後は、石は自分の重みで勝手に転がっていく。

「友人」相談員はまた言った。「友人ということは、同学年と想像できます。当たっていますか？」

「はい」

「男性ですか？　女性ですか？」

「女性です」

相談員の目が光った気がした。こちらに対する興味。

「ぶしつけな質問をさせていただきましょう。友人と表現されましたが、もっと深い関係ですか?」

「違います」また即答したけれど、力がこもりすぎていたかもしれない。それは仕方がない。全力で否定しなければならないことだからだ。膝の上に乗せた拳を握りしめた。

「殺したい相手は、双子なんです。二人で同じ大学に入り、同じサークルに入っていました。私が好きだったのは、その相手ではなく、双子の妹の方でした」

そう。自分が好きになったのは、白坂花梨だ。決して白坂木乃美ではない。そうでなければ、ここには来ていない。

相談員が怪訝《けげん》な顔になった。ほんのわずかな反応ではあったけれど。

「過去形を使っておられますね」

「はい。妹の方は、昨年亡くなりました」

花梨が発見されたときのことを思い出す。いや、ショックが大きすぎて、発見当時のことははっきり憶えていない。自分が思い出せるのは、元気だったときの、彼女の笑顔だけだ。

「そうですか。それは、残念でした」

相談員は形ばかりといったふうに視線を落とす。すぐに元の位置に戻した。

「もう少し状況を確認させてください。あなたが殺害したい相手には、双子の妹がいる。便宜上、妹さんと呼ばせていただきますが、あなたは妹さんと交際されていましたか?」

残念ながら、首を振らざるを得ない。

「いいえ。片想いでした」

「では、あなたが妹さんのことを好きだということは、周知の事実でしたか?」

また同じ反応を返す。

「いえ。告白したわけではありませんし、周囲にそのことを言ったこともありません。ですが、勘の鋭い人間なら、気づいていたかもしれません」

相談員は服部の目を覗きこんだ。

「お姉さんはどうですか？　殺したい相手のことですが。妹さんに対するあなたの好意に、気づいていた可能性はありますか？」

また「いえ」と返そうとして、思い留まる。白坂木乃美。あいつはどうなのか。

服部は曖昧《あいまい》に首を振った。「私から口にしたことはありませんが、気づいていても不思議はないと思います。姉妹一緒にいるときに、私もその場にいることは珍しくありませんでした。私が無意識のうちに妹の方に視線を向けたりしていれば、気づいた可能性はあります」

相談員は困った顔になった。今までにない、はっきりとした表情の変化。わかりやすいその動きは、逆に作ったものに見えた。

「難しいところですね。同じ大学の、同じサークルに所属している友人。あなたはその妹さんに好意を持っていた。そしてそのことを、周囲が勘づいていた可能性がある。そのような状況で、あなたが相手を殺害できたとしましょう」

どきりとした。自分が白坂木乃美を殺害するという絵が、いきなり具体的に現れたからだ。

「警察は、被害者に近い人物から疑っていきます。その方が効率がいいですから。被害者は大学生で、おそらく独身でしょうから、まず疑われるのは親兄弟です。相手は、双子の妹以外にもきょうだいはいますか？」

「いえ。二人きりだと聞いたことがあります」

「ということは、真っ先に疑われるのは親ですね。けれど、殺害したのはあなたであり、親ではない。それほど時間をかけずに親に対する嫌疑は晴れるでしょう。とすると、次は交友関係になります。大学生ですから、大学とアルバイト先の友人知人がリストアップされます。そこにあなたも入ることになります。最も疑われやすいのは、交際相手です。いわゆる彼氏がいれば、警察はその人物を優先的に捜査するでしょう。相手には、恋人はいますか？」

「本人からは、いないと聞いていますが……」

答えながら、一人の男の顔を思い浮かべた。同じサークルの友人、窪田《くぼた》壮《そう》。彼は木乃美に思いを寄せている。自分が花梨に思いを寄せていたように。

しかし交際はしていなかったはずだ。窪田もまた、片想いの域を出ていないだろう。サークルのメンバーが一緒にいたときの、窪田の立ち振る舞いを思い出す。窪田が木乃美に対して見せる、ほんのわずかな硬さ。あの硬さは、すでに交際しているのなら、決して出てこないものだ。つき合っていることを隠すために、わざと素っ気なくすることはあっても、硬くはならない。第一、その関係も一年前の話だ。おそらく、自分がそうであるように、窪田もまた、木乃美と疎遠になっているだろう。

相談員が、また困った顔になった。

「その言葉が本当ならば、警察はひと手間減らすことができます。近くにいる友人を疑って捜査することになるでしょう。そのメンバーの中に、真犯人であるあなたが入っています。周囲から、あなたが被害者の妹さんに好意を寄せていたという証言が得られれば、あなたと被害者を結ぶ線が太くなります。警察はあなたを有力容疑者と考え、証拠を探すでしょう。そしてあなたは逮捕されます。逮捕されたくないのであれば、やめておいた方が無難ですね」

「…………」

ばっさりと否定されて、服部はすぐに返事ができなかった。

バカな。自分は木乃美を殺したいのだ。外野から簡単に否定されてたまるものか。

ここに来た理由を完全に無視して、そう反発しかけた。けれどこっちも、もう二十歳《はたち》を過ぎている。人生を賭けた大勝負に、子供っぽい反発を入れるべきではない。

「警察は、私を疑うでしょう」

考えを整理するため、わざとゆっくりと話した。「それは仕方がありません。おっしゃるとおり、私は相手の近くにいるわけですから。それでも、やらなければならないんです」

並々ならぬ決意を表明したつもりだった。けれど相談員は、ほんのわずかな感銘さえ受けなかったようだ。

「逮捕のリスクを理解したうえで、それでも行動を起こしたいと。それほど強い動機があるわけですね。それをお話しいただけますか？　亡くなったという妹さんが関係しているのなら、なおのこと、事実関係を知る必要があります」

いいだろう。ここまで話した以上、背景や動機を正確に理解してもらわないことには、相談にならない。

「私は都内の大学に通っています。伝統的に史学に強いので、歴史に興味のある学生が多く入学する大学です。私も専攻は経済学ですけど、サークルは『戦国の城研究会』に所属していました。休日にあちこちの城を回る活動をしている、全部で十五人くらいの小さなサークルです」

そう。小さいからこそ、メンバー同士の距離が近いサークルだ。

「私の学年のメンバーは、私と、殺したい相手――いえ、ここでの話が漏れないのであれば、名前を言わないのも意味がありませんね。話しにくいですし。私と白坂木乃美、その妹の花梨、それから窪田という男子学生の四人が所属していました」

服部は、木乃美と花梨を漢字でどう書くかを説明した。

「毎週というわけではありませんでしたが、週末には近くの城を見て回り、長期休暇のときには遠くの城を回る旅に出ていました。もちろん私たちだけで行くわけじゃなくて、多いときには十人くらいの団体旅行になったりしましたが」

同学年のメンバーは距離が近かったけれど、特別に親密だったわけではない。そのニュアンスが伝わっただろうか。相談員の表情からは読み取れなかったけれど、少なくとも理解していないふうではなかった。

「先ほど言いましたように、私は妹の花梨が好きでした。けれど小さなサークルのことです。迂《う》闊《かつ》に告白してふられたりしたら、サークル内が気まずい雰囲気になります。普段の花梨の態度から、少なくとも嫌われているわけではないことに安心して、ただのサークルのメンバーとして接していました。同じことは、窪田にもいえます。窪田は木乃美が好きでしたけど、やはり同学年の友人の立場を崩していませんでした。私たち四人は、入学してサークルに入ってからずっと、そうやってうまくやっていたんです。ですが、去年の夏休みで、すべてが変わりました」

服部の胸が痛んだ。まだ一年も経っていないのだ。あのときの話をするのは、精神的な負担を伴う。

「去年、私たちは二年生でした。その夏休みも、サークルのみんなで、地方の城を巡る旅に出ようということになりました。でも、いくら小さなサークルといっても、メンバー全員のスケジュールが合うことは、あまりありません。色々と調整して、三つのグループに分かれて、それぞれ別方面に行くことにしました。旅行の後の報告会もサークルの楽しみですから、分かれていくことは珍しくありませんし、抵抗もありませんでした。そして私たちの代でひとつのグループになりました。ただ今回は、スケジュールだけの問題じゃなかったんです」

思い出す度に、激しい後悔が精神を灼《や》く。けれど話さないわけにはいかない。

「発端は、私の思いつきでした。最近キャンプブームだし、城を巡るついでに、キャンプをしないかと提案したんです。もちろん、花梨が乗ってくると考えての提案です。今までの会話から、白坂姉妹はキャンプの経験があって、寝袋とかのキャンプ道具も持っていることを聞いていたからです。窪田も経験があると言っていたから、積極的に賛成してくれるという目算もありました。別に他の学年のメンバーが来てくれるのはかまわなくて、要は花梨が自分と同じグループにいてくれればいいわけですから。結果的に、私たちの代だけの城巡り兼キャンプツアーが成立しました」

親がキャンプ好きということもあり、服部は子供の頃からアウトドアに親しんでいた。焚《た》き火の着火もお手のものだから、キャンプで花梨にいいところを見せられたらという考えがあったのは間違いない。

「八月初めのことでした。私が父親の車を借りて、それぞれが自分のキャンプ道具を持って出掛けました。父の持っている車はステーションワゴンで、たくさんの荷物を積むのに適していたんです。初日に知る人ぞ知る名城を見学して、地元の図書館でその城についての資料を閲覧してから、キャンプ地に向かいました。キャンプ地といってもお金を取るちゃんとしたキャンプ場ではなく、インターネットの口コミで紹介されていた、車で下りられる穴場の河川敷《かせんじき》です。そこにテントを張って、夕方からバーベキューを楽しんで、夜は酒を飲んでいました。そうしたら、急に川の水量が増え始めたんです。雨なんて降っていないのに。後で知ったのですが、川のずっと上流で大雨が降っていて、その水が押し寄せてきてたんです」

話しながら、服部の視線が落ちる。

「その土地のことをよく知りもしないで、ネットの情報だけで行動に移しちゃいけませんね。バカな大学生が、知らない土地ではしゃいでいるうちに危機に陥《おちい》るという、世間が嘲《あざけ》るような行動を、まさしく取ってしまったわけです。でもそれは後になってから言えることで、最初は気にもしませんでした。だって、今現在この場所では雨が降っていないんだから、危なくなるはずがない。そう高を括《くく》っていたんです。すでにすっかり日も暮れていて、川の様子がよくわからなかったというのもあります。ですから私たちは、河川敷に着いてからは肉と酒とお城の話にしか気が向きませんでした。気づいたときには、テントのすぐ傍《そば》まで水が押し寄せてきていました」

あのとき、自分は冷静なつもりだった。けれど、とんでもない勘違いだった。窪田や白坂姉妹を含めて、自分たちは呆《あき》れるくらいバカな行動しか取れなかった。川の様子に気づいたときにすぐ移動していれば、どうということはなかったのだ。それなのに自分たちは、呑気《のんき》に酒を飲んでいた。

「さすがに不安になった私たちが最初にやったのは、スマホで気象情報を検索することでした。でも、ピンポイントの場所が、今後どうなるのかなんて情報は出てきません。暗闇の中、何が起こっているのかわからないまま、川の水だけが増えてくるという状況でした。そうこうしているうちに、テントの中にも水が入ってきました。もう荷物を片づけて撤収なんて悠長なことはできません。車が水没してしまったら、アウトです。最小限の貴重品だけを持って、避難することにしました。酒を飲んでいましたが、河川敷を出るくらいだったら、事故を起こさずに運転できるだろうとも思いましたし。車は幸いにも、テントを張っていた場所よりも多少高い位置に駐めていました。ですからテントがかなり水に浸かったときでも、車はまだ無事でした。でも、さあ避難しようというときに、花梨の姿がなかったんです」

あのときの行動は、すべて後悔につながっている。けれどその瞬間の判断は、その最たるものだった。こうなってくると、話す相手が初対面であることは、かえって気持ちを楽にさせてくれる。教会での懺悔《ざんげ》はこんな感じなのかなと思いつつ、服部は話を続けた。

「街灯もない河川敷です。自分たちが付けているヘッドランプが照らす場所以外は真っ暗闇でした。花梨を探さなければと思ったとき、窪田が『まずい、マフラーが水に浸かるぞ！』と叫びました。そうなってしまったら、車を動かすことができなくなります。私は、とりあえず車を河川敷から動かす決断をしました。それでひとまず安全です。私と木乃美と窪田が乗り込んで、猛スピードで坂を上がり、道に出ました。それでひとまず安全です。私たちは道から河川敷に視線を向けて、花梨を探しました。けれどそのときにはもう、河川敷は完全に水没していました。私たちが張ったテントも見えません。流されてしまったことは明らかです。とても花梨を見つけだせる状況ではありません。私たちは一一九番通報して、助けを求めました。消防車は来てくれましたが、消防隊員もどうすることもできません。夜が明けてから捜索が始まり、はるか下流の水底から、テントにくるまった状態の花梨が発見されました」

そのときのことは、よく憶えていない。白坂姉妹の両親がやってきてからは、木乃美は両親の傍にいたけれど、自分と窪田はその場を離れた。両親からすれば、いてほしくないだろうと考えたからだ。

「花梨の両親は、私を責めませんでした。少なくとも木乃美は助かってますから、花梨を死なせたことで非難すべきなのか、木乃美を助けたことで感謝すべきなのか、判断がつかなかったのかもしれません。でも私は私自身を責めました。キャンプを提案したのは私ですし、インターネットで河川敷を探してきたのも私だったからです。いくら全員の賛同を得てからの行動だったとはいえ、自分が余計なことを言わなければと後悔しました。自責の念ばかりが頭の中をぐるぐると回っていました。そうしたら、大事なことを思い出したんです」

背筋に震えが走った。あれから何度も反芻《はんすう》していることなのに、その度に震えてしまう。

「貴重品だけ持って逃げようと決めたとき、手にしたのは財布と鍵、それからスマホだけでした。それだけあれば、帰れますから。他はなくしてしまっても、どうとでもなるものです。私と窪田はそれらをズボンのポケットに押し込み、木乃美はそれらをひとまとめにしているポシェットを手にしました。花梨もです。全員が出られるようになって、私たちは車に向かってダッシュしました。といっても水はすでに膝下まで来ていましたから、流されないように脚に力を込めて、なんとか進んだという状態でしたが。車を運転するのは私ですし、車の鍵を持っているのも私です。ですから私が先頭を切りました。そのときは夢中で気にもしなかったんですが、確かに背後から木乃美の声が聞こえたんです。『花梨、タブレットは?』と」

デイパックから緑茶のペットボトルを取り出した。キャップを開けてひと口飲む。

「花梨は絵心があって、出先でよく絵を描いていました。スマートフォンとは別にタブレット端末を持っていて、城の周辺をスケッチしていたんです。スマホよりも大きくてポシェットに入りませんから、別にトートバッグを用意して、タブレットを入れていました」

ペットボトルを握る手に力が入った。

「木乃美の言葉を思い出したとき、あのとき何が起きたのか、理解できました。花梨はポシェットだけ持って、一緒に逃げるつもりでした。けれど木乃美がタブレットのことを言いだしたため、花梨はテントに戻って、タブレットの入ったトートバッグも持っていこうとしたんです。そのわずかな時間が、生死を分けました」

そう。そのわずかな時間で、致命的なまでに水位が上昇したのだ。だからこそ、早く車で避難しようと、服部は意識を車に向けていた。花梨ではなく。

「タブレットなんて、放っておけばよかったんです。もちろん大学生にとっては高価なものですけど、命の危険を冒《おか》してまで持っていくほどではありません。それに、今まで描いた絵のデータはサーバーに保存されていますから、タブレット本体がなくなっても失われません。それなのに、放置したままでもよかったタブレットを持ち出そうとして、花梨は死にました。木乃美が余計なことを言わなければ、花梨は死なずに済んだんです。しかも当の木乃美は、テントに戻った花梨を放っておいて、自分だけ逃げ出しました」

服部は手にしたペットボトルに視線を向けたまま、最後まで一気に喋った。

「真実は、自責の念とは別の形で私を打ちのめしました。確かに私の取った行動は、褒《ほ》められたものではありませんでした。けれど花梨を死なせる原因じゃなかったんです。花梨を殺したのは私じゃなくて、木乃美でした。それなのに、木乃美はのうのうと生きている。それが許せなくなりました。ひょっとしたら、花梨と木乃美がただの友だちだったなら、ここまでの怒りはなかったかもしれません。けれど二人は双子です。同じ遺伝子を持ち、同じ顔をしています。大学で木乃美を見かける度に、否応なく花梨が死んでしまったことを思い知らされるのです。そうしているうちに、木乃美が生きていることを認められなくなったんです。だから、殺そうと思いました」

服部はまたペットボトルのキャップを開けた。中の緑茶を一気に半分飲む。ふうっと息をついた。

服部が話している間、相談員は口を挟まなかった。表情を変えずに、ただ聞いていた。しかし服部が話し終えたと認識したのだろう。ゆっくりと口を開いた。

「わかりました。動機は、好きだった相手の復讐《ふくしゅう》と捉《とら》えていいでしょう」

相談員は一瞬だけ服部の目を見た。

「先ほど私は、あなたが木乃美さんを殺害できても、警察に逮捕されるからやめておいた方が無難だと申し上げました。けれど動機が復讐となると、話が変わってきます。復讐さえ達成できれば、自分が滅びてもいいと考える人は、少なくないのです。あなたは、いかがですか?」

服部はすぐには答えられなかった。

自分が滅びてもかまわないと考えているのなら、ここには来ていない。けれど自分は逃げ延びたいと言ってしまえば、自分が抱えている純粋な怒りに打算が混じってしまう気がする。その意識が、返答をためらわせている。

けれどここで気取っても仕方がない。服部はゆっくりと首を振った。

「私は、逮捕されたくありません。刑務所に入るのは嫌ですし、親にも迷惑をかけたくありませんから」

相談員は小さくうなずいた。

「それは、真っ当な考えです。決して恥じるべきものではありません。ここで考えなければならないのは、あなたの心の中での優先順位です。復讐と、逮捕されないことによる安全な生活。復讐という動機はなかなか厄介で、別に実行しなくても生活できてしまいます。かといって復讐しないと、できていないという意識がずっと頭に残ってしまい、実生活に影響が出てしまう場合もあります。逮捕のリスクを伴う復讐と、ずっともやもやし続ける安全な生活の、どちらの優先順位が高いでしょうか」

相談員の問いかけに、服部はまたしても答えをためらった。そのような問いへの回答は用意していない。というか、復讐の否定はされても、優先順位を尋ねられるとは考えていなかった。とはいえ、本音を話さなければ先に進まない。服部は怒られることを覚悟して答えた。

「復讐を果たしてすっきりした生活と、逮捕されない安全な生活。そのどちらも実現したいと思っています」

身勝手この上ない回答に、相談員は無反応だった。

「わかりました。では、木乃美さんを殺害しても逮捕されない方法があるか、それを考えてみましょう」

服部は今度こそ、あんぐりと口を開けた。犯罪者予備軍たちの駆け込み寺。ここは、そんな場所ではなかったのか？　だったら、犯行を止めるのが普通だろう。それなのに、犯行がうまくいく方法を考えようというのか？

服部の困惑をよそに、相談員は話を続けた。

「サークル活動で学生が死亡するというのは、大学にとってもかなり大きな出来事です。事故の結果、大学からどのようなアプローチがありましたか？　何かの処分でも？」

「いえ」困惑しながらも、服部は答える。「もともと大学公認のサークルではなかったので、大学から解散を命じられたり、活動停止を喰らったということはありません。大学の立場だと、学生が行楽に行って事故に遭った。その程度の認識なんだと思います」

「すると、今でも変わらず活動を続けていると？」

「サークルとしては、そのとおりです。先ほど説明しましたように、夏休みはグループに分かれて行動することになっていました。私たちのグループは事故を起こしましたが、他のグループは日程も行き先も違ったので、影響を受けていません。ですから、他のメンバーは今も活動を続けています。でも事故の当事者である私たちは、さすがに活動していません。そんな気になれないというのが、正直なところです」

相談員の眉間《みけん》に、わずかにしわが寄った。

「あなたも、木乃美さんも、窪田さんも、現在はサークル活動をしていないのですね。それでは、他の形で会う機会はありますか？」

「いえ。窪田は法学部ですし、木乃美は社会学部です。それほど大きな大学ではないので、ときどき構内で見かけますが、わざわざ近づいて話しかけたりはしません」

「なるほど」眉間のしわが大きくなった。「サークル活動をやっていたときは、特別示し合わせなくても一緒にいることは多かったでしょう。けれど、今はそんな機会はない。会おうとすれば、わざわざ連絡を取らなければなりません。あなたが木乃美さんを殺害するために会おうと誘ったら、木乃美さんを呼び出した記録が残りますね。メールとか、ＳＮＳとか。警察があなたを疑う重要な証拠になります」

「………」

確かに、そのとおりだ。

「では、呼び出して会うことなしに殺害できるでしょうか。簡単に言えば、不意に襲いかかるとか」

どうだろう。考えかけたけれど、相談員は回答を求めていないようだった。すぐに言葉をつないだ。

「大学のキャンパスはそれほど大きくないということですが、使っていない教室とか、校舎の裏とか、他の学生の目に触れない場所はあるでしょうか。そしてわざわざ呼び出さなくても、木乃美さんがそんな場所に行くことはあるでしょうか」

「……難しいと思います」

社会学部の校舎には、ほとんど入ったことがない。木乃美が普段講義を受けている教室もわからないし、ましてやどの教室があまり使われていないかなど、わかるわけがない。校舎裏など論外だ。わざわざ木乃美が自分から行くわけがない。そう説明した。相談員が軽く首肯した。

「学内が難しいなら、通学やアルバイトの行き帰りですか。木乃美さんの自宅はご存じですか?」

「住所なら、わかっています。事故の日に、車で自宅まで迎えに行きましたから。アルバイトは、今どんなことをやっているかは、聞いていません」

事故から一年近くが経っている。自分の知っているアルバイト先から変わっていることは、十分に考えられる。

「それなら、自宅から大学までの通学路で襲う必要がありますね。自宅の住所がわかっているのなら、通学路を予想することは可能です。どの講義を選択しているかで、曜日ごとに登下校の時刻は変わるでしょう。しばらく木乃美さんの行動を監視して、どんな時間帯に通学するのか、途中の道に目撃者の心配なく襲撃できる場所があるのかを知ることが重要になってきます」

相談員はまた服部の目を見た。「そのようなことが、できるでしょうか。あなたが普段と違う行動を取っていることを、他人に気取られないように。木乃美さんに気づかれないように。監視している姿を、周囲の人間に怪しまれないように」

服部はすぐに答えられなかった。数秒の間を空けて、絞り出すように言った。

「……できないと、思います」

「とすると」聞かなくても答えはわかっていたけれど一応質問した、というふうに相談員は続けた。「人気《ひとけ》のない場所に呼び出すことはできない。相手が人気のない場所に行くことは期待できない。通学途中のいつどこで攻撃すればいいかもわからない。そんな状況にあるわけですね。それで、木乃美さんを殺害できるでしょうか。逮捕されるかどうか以前の問題として」

「………」

また即答できない。少し考えて、意味があるかわからないけれど、頭の整理のために口を開くことにした。

「逮捕される覚悟があれば、やりようはあると思います。たとえば学生食堂で待ち伏せして、現れた木乃美に背後から近づいて、金属バットで殴るとか。でも、すぐに取り押さえられて、警察に引き渡されるでしょう。その場から逃げられたとしても、学生食堂には自分を知っている人間は山ほどいます。非常線を張られて逮捕されるのは間違いありません」

先ほど相談員に告げたように、自分はそんな結末を望んでいないのだ。相談員も同意の表情を浮かべた。

「おっしゃるとおりの結末を迎えるでしょう。復讐を遂げられたら自分は滅びてもいいとお考えでしたら、実行すればいいのですが、そうするわけにはいきませんね」

「そうです。かといってヘルメットとタオルで顔を隠したら、木乃美を襲う前に通報されるでしょう」

「そのとおりだと思います。大学内だと、逮捕される覚悟があるなら殺害はできそうだけれど、やはり確実に逮捕されてしまうことがわかりました。では、学外ではどうでしょうか」

先ほどのやりとりで、通学路で木乃美の姿を捉えるのが難しいとわかった。大胆な行動に出れば可能なのだろうか。

「通学路でなくて、その前、木乃美の自宅に押しかけるという手もあります。マンションでなく一軒家でした。それほどの資産家とも聞いていませんから、セキュリティもあまり厳しくないでしょう。深夜のうちに庭に侵入して、木乃美が玄関から出た瞬間を襲うとかなら、できるかもしれません」

「殺害はできるかもしれませんね」

相談員は肯定の言葉で否定した。「自宅で待ち伏せしての殺害は、特定のターゲットを狙ったという確信と、強い犯意を想像させます。木乃美さんとつながりの深い関係者がピックアップされて、昨年の事故の当事者であるあなたが浮かび上がることになります。大学内と同様、殺害できても逮捕されることに変わりはなさそうです」

服部はまた答えられなかった。指摘どおりだからだ。

相談員は小さく息をついた。

「世の中には殺人のニュースが溢れています。ですからここに来られる方の多くは、殺人の実行についても安易に考えておられます。でも、実際はそんな簡単なものではありません。今あなたがおっしゃったような殺害方法も、一見すると実現できそうですが、実は相当難しいのです。あなたは先ほど、金属バットで殴るとおっしゃいました。ですが一撃で確実に死亡するとは限りません。殴った瞬間に、相手が死亡したかの確信は持てませんから、確実性を求めて何度も殴ることになるでしょう。そうなると、途中でその場にいる人間に止められます。たとえ逮捕を覚悟したとしても、殺せない可能性の方が高いでしょう。金属バットがナイフでも、同じことです。そっと近づいて、いきなり急所を切りつける。そんなことが素人《しろうと》にできるはずがありません。あなたは、花梨さんの復讐を果たせないまま、殺人未遂でみっともなく逮捕されることになります」

みっともなく。確かに、そのとおりだ。

「少なくとも、確実に殺害できる方法を見つけないと、実行してはならないということですね」

「それが、最低限必要なことです」相談員は明確に答えた。「周囲に大勢人がいる学生食堂や、家族や通行人の目に触れる自宅の玄関前だと、お話ししたように失敗する可能性が高いでしょう。周囲に誰もいない。大きな音や声がしても他人に聞かれない。そんな場所で二人きりになったのなら、話はまた別です。木乃美さんの体格や運動能力にもよりますが、時間や手間がかかっても、確実に殺害できる可能性は高まります。けれど、そんな機会はないというお話でした」

そのとおりだ。

「機会や手段だけではありません。真犯人であるあなたが逮捕されないためには、警察にあなた以外に犯人がいると思ってもらわなければなりません。それほど精密でなくても、どんな犯人像がなぜ木乃美さんを殺害したかというストーリーは作っておく必要があります」

「ストーリー」服部は繰り返した。使い慣れない言葉だけれど、自分の口から発することによって、思考が回りだす。

「私以外にも、木乃美を恨んでいる人間がいるかどうか、ということですか」

「いるかもしれませんが」相談員はまた眉間にしわを作った。「その設定ですと、特定の個人を仮想犯人にしなくてはなりません。その人は真犯人ではないわけですから、証拠が出てきません。警察はその人を犯人と断定しないでしょう」

それもそうか。いや、もっと単純に考えた方がいいのか。

「通り魔とか、暴行犯とかですか。そういった連中なら、狙ったのが白坂木乃美という個人である必要はありません。警察は人間関係から犯人にたどり着くことはできないでしょう」

「容疑者の絞り込みという点では、おっしゃるとおりですね」

賛同の発言をしながらも、相談員の表情は変わらない。「その場合ですと、実行の方に関わってきます。木乃美さんが自分から大学構内で人気のない場所に行かないのであれば、通学途中に襲うことになります。衆人環視の下で行うことはできないので、通学経路の中で、人気のない場所があるかということになり、先ほどの話に戻ってしまいます。自宅の玄関前ではなく、屋内に侵入したら可能かもしれませんが、そうなると、ご両親を含めた一家惨殺になりかねません。それは、あなたの望む復讐の形でしょうか」

「いいえ」今度は即答した。「木乃美と花梨の両親には、申し訳ない気持ちはあっても恨みはありません。殺すことは、できません」

「わかりました」相談員の眉間から、しわが消えた。「先ほど、復讐と安全な生活の優先順位を伺いました。両立したいというお答えでしたが、こうして現実に即して考えると、両立は不可能という結論が出たようです。では、あらためて優先順位の話をしましょう。未遂前提、逮捕前提で復讐を実行するのか、復讐そのものをあきらめて、安全な生活を選択するのか。後者は、今は辛くても時間が解決してくれる可能性が高いといえます」

服部は下を向いた。

未遂前提ということは、復讐も安全な生活も、どちらも実現できないまま破滅するということだ。それは、絶対に避けなければならない。刑務所に行くとか両親に迷惑をかけるとか、そういった次元の話でなく、プライドが許さない。

とすると、結論は決まっている。復讐をあきらめて、自分のことだけを考えて生きるのだ。つまり、このもやもやとした鬱屈《うっくつ》を抱えてこれからも暮らすことになる。

けれど、時間が解決すると相談員も言ったではないか。自分はまだ、花梨のことが忘れられない。自分の頭の中で、花梨の記憶が美化されてしまっているということもあるだろう。だから他の女性を好きになったりしていない。それもいつかは薄れてきて、新しい出会いを受け入れる。そんなふうに生きるのが正しいのだ。

服部は顔を上げた。

「そうですね。復讐をあきらめるしかないでしょう」

ペットボトルから緑茶を飲む。

「道徳的な面から説得されるんじゃなく、あなたは現実的な面から復讐の実現性について一緒に考えてくださいました。そのうえで失敗するという結論は、私にとっても納得のいくものでした。結論を受け入れます」

相談員の目がわずかに細くなった。服部の回答に満足したのだろうか。

服部は続ける。

「花梨が死んでしまってから、もうすぐ一年になります。気持ちを切り替えるにはいいチャンスかもしれません」

「そうですね」相談員の声がやや明るくなった。望ましい結論が出たからなのか、服部を勇気づけようとしてくれているのかは不明だけれど、心地よい響きだった。

「事故は、八月初めということでしたね。まもなくその日がやってきます。一周忌の日に、花梨さんに祈りを捧げて、それを区切りにするというのは、いい方法だと思います」

完全に賛成できるコメントだった。

だが――。

脳の血管が、どくりと音を立てた気がした。

服部は、自分の反応に戸惑っていた。何だ？　自分は今、何に気がついた？

服部はその正体に、すぐに思い至った。一周忌――これだ。

しかし、この場で深く考えることはできない。目の前には相談員がいるのだ。頭の中で、一周忌という言葉に付箋《ふせん》を貼った。後ですぐに思い出せるように。

「ありがとうございました」

服部は内心の動きを表に出すことなく、礼を言った。ペットボトルをデイパックにしまう。

「ここに伺って、お話をさせていただいて、すっきりした気がします。来た甲斐《かい》がありました」

「それはよかった」相談員も明るい声で答えた。「こちらとしても、お役に立ててよかったです。ただ――」

相談員が表情と声のトーンを戻した。「ここを離れてしばらく経ったら、また復讐心が湧き上がってくるかもしれません。そのときは、ここでお話ししたことを思い出してください。できるだけ詳細に。復讐しようにも、あなたには機会がない。手段も確実なものをお持ちではない。他人に罪を被せようとしても、警察は引っかからない。失敗して警察に逮捕されるというのが、ほぼ間違いなく起こり得る未来です。幸いにも、すぐに一周忌がやってきます。そこで、お気持ちに終止符を打つのが、最善です」

そのとおりだ。服部は心の中で同意した。一周忌がもうすぐ訪れるという事実について。

服部は立ち上がった。

「あらためて、どうもありがとうございました。ここで、失礼いたします」

＊

「すると、あなたはご友人を殺害しようとしておられる」

相談員は、窪田壮の目をちらりと見た。「そういうわけですね？」

「……はい」

窪田は視線を落として返答した。小さな声になっているのが、自分でもわかる。

大学の前期試験を終えた夕刻。窪田は、とある建物の一室にいた。

犯罪者予備軍たちの駆け込み寺。この建物に入っているＮＰＯ法人はそう呼ばれている。その中でも一号室は、殺人を考えている人間が相談に訪れる部屋とのことだった。そして自分は今、一号室で相談員と相対している。

重い返答のはずなのに、相談員は表情をまったく変えなかった。

「正しいアドバイスをするためには、正しい情報が必要です。なぜあなたがご友人を殺害したいのか、背景をお話しいただけますか？」

「……はい」

同じ答えをしたものの、その先が続かない。小さな部屋に沈黙が訪れる。窪田が重い口を開けないことを見て取ったか、相談員が沈黙を破った。

「最もシンプルなところから伺いましょう。あなたが殺害したいご友人というのは、どういう関係の方ですか?」

それなら答えられる。けれど一度口にしてしまうと、取り返しがつかなくなるような気がした。いや、それを口にするために、ここにやってきたのだ。窪田は意を決して答えた。

「大学の、サークルにいたときの仲間です」

窪田の決心を酌《く》んだのか酌んでいないのか、相談員は表情を変えなかった。

「過去形ですね」

「はい。サークル活動をしていたのは、去年の夏までです。今は、辞めています。その相手も同時に辞めていますから、サークルの友人というのは、過去形になります」

「とすると、今はそれほど近しくないということですか」

「はい。大きな大学ではないので、ときどき姿は見かけますが、目が合ったらうなずき合うくらいです。近寄って話したりはしていません」

相談員は瞬《まばた》きした。

「今のお話ですと、仲違いしたというよりは、サークルという接点がなくなったから、自然と疎遠になった。そのような感じでしょうか」

ニュアンスを正確に受け取ってくれたようだ。少し気分が軽くなった。これならば、話を続けられる。

「全体としては、そんな感じです。ただ、サークルを辞める原因になった出来事が重かったので、お互い接点を持たないようにしようという意識は働いているかもしれません」

「重い出来事」相談員が繰り返す。「どのようなものなのか、お話しいただけますか?」

もちろんだ。それを話さなければ、相談そのものができない。

「僕は都内の大学に通っています。今は三年生です。所属は法学部ですが歴史に興味があって、入学してすぐに、戦国時代の城を研究するサークルに入会しました。大学公認のサークルではなくて、十五人ばかりが集まって勝手に活動している、同好会のようなサークルです。もともと史学に強い大学なので、学部に関係なく、歴史好きの学生が集まっています。そのため、歴史に関係するサークルは、大小たくさんあります。その中でも僕がこのサークルを選んだのは、休日に城を観に行きがてら観光旅行するといった、気楽さに惹かれたからです。僕の学年は、メンバーが四人いました。僕と、男子学生が一人、それから双子の女子学生です」

「先ほどお話ししたように」話の切れ目で、相談員が口を挟んだ。「ここでの話は、一切外に漏れません。録画も録音もしていません。ですから、個人情報に関わるようなことをお話しいただいても、まったく問題ありません」

つまり、名前を挙げて話してもいいということか。確かに、その方が話しやすい。窪田はうなずいた。

「はい。男子学生は服部といいます。僕が殺したいのは、この服部です」

自分たちの大学は、あまりチャラチャラした学生はいない。その中でも服部は、比較的活動的な方だと思う。声が大きくて、自分から色々なことを提案して仲間を引っ張るタイプだ。

「双子の女子学生は、白坂木乃美と花梨といいます。よくあることかもしれませんが、僕と服部は、彼女たちを好きになりました。僕は木乃美を、服部は花梨を」

「交際していたということですか？」

相談員の問いかけに、残念ながら首を振る。

「いえ。二人とも片想いでした」

「二人とも」相談員が確認するように繰り返した。「そのことについて、服部さんとお話しされましたか？」

窪田はまた首を振る。

「いいえ。男子学生同士の恋バナなんて、気持ち悪いだけですから。でも、服部の様子には注意していました。男子二人、女子二人というグループですから、二人が同じ女の子を好きになったら目も当てられません。服部が好きな人は、サークル内にいるのか。同学年の二人なのか。そうだとしたら、どちらなのか。僕はそれとなく服部を観察していました」

大学生にもなって、なんて奥手なんだと思われるかもしれないけれど、正直に事実を伝えた。

「マンガなんかだと、双子の両方を好きになったり、双子のどちらを好きになったかわからないという展開がありますけど、少なくとも僕自身は違いました。木乃美と花梨は同じ顔をしていて、だからこそ違いが明確に感じられるのです。木乃美を好きになったら、花梨は『木乃美ではない』という存在になります。そしてどうやら服部も同様なようでした。木乃美と花梨とでは、接する態度が微妙に違うのです。木乃美とは気安く話していましたが、花梨に対しては妙に硬いんです。自分は何とも思ってないぞとアピールしてるみたいに。だから服部は花梨のことが好きで、しかもつき合っているわけではない。それがわかったんです。まあ、おそらく僕も同じようなものだったでしょうから、服部が僕の気持ちに気づいていても、不思議はありません」

長々とした説明にも、相談員は飽きた素振りでも、逆に興味津々という態度でもなく耳を傾《かたむ》けていた。

「どちらも交際していなかった。では、女性の方はどうだったんでしょう。木乃美さんと花梨さんは、あなた方に好かれていると気づいていたでしょうか」

「わかりません」窪田は正直に答える。「二人ともフレンドリーに接してくれてましたから、少なくとも嫌われてはいなかったと思います。ちょっとした機会に二人きりになったときでも、避けられているふうでもありませんでしたし。気づいていたかもしれませんが、こちらから告白していない以上、先走って断ることもできないでしょう」

「それはそうですね。今のお話しぶりだと、木乃美さんも花梨さんも、他に交際している男性はいないように聞こえましたが」

「本人たちは、いないと言っていました。確認は取れていませんが。ともかく、男女二対二の中途半端に仲のいいグループで、二年の夏休みにまた城巡りをしようということになりました。ただ、今までの活動と違うのは、城巡りをしながら、夜はキャンプすることでした。服部が提案して、キャンプ経験のある僕と白坂姉妹も賛成しました。他の学年で同調するメンバーがいなかったので、僕たち四人で行くことになりました」

話しながら、胃の中に鉛が出現したような感覚を味わっていた。あのときのことを思い出すとき、必ず現れる感覚だった。

「服部が父親から車を借りてきて、僕たちを乗せて目的地に向かいました。明るいうちは目的の城を見て回りました。特に花梨は絵を描くのも趣味にしていて、出先でよくタブレット端末に城の風景を描いていました。それから近くの図書館で資料を漁って、キャンプ地へ向かいました。キャンプ地といっても、有料の整備されたキャンプ場ではなく、車で乗り入れられる河川敷です。インターネットの情報だと、昼間は行楽客で賑《にぎ》わうけれど、夜になってテントを張る人はあまりいないという場所です。実際、僕たちが到着した夕方にはまだ何組かの行楽客がいましたけど、日が暮れてくるとみんな帰ってしまい、僕たちだけになりました」

普段の旅行とは違うロケーションだ。焚き火を囲んで、酒を飲みながら話をすることで、木乃美との距離が一気に縮まらないか。そんな下心があったことは否定しない。

「でも、僕たちはバカでした。事前に天気予報で、キャンプ地に雨は降らないということを確認して、安心しきっていました。けれど河川敷なんだから、川の上流の天気も確認しなければならなかったんです。後になって調べてみたら、川のずっと上流で大雨が降る予報が出ていました。事実、降ったんです。その影響で川の水量が増していたことに、僕たちは気づきませんでした。気づいたときには、テントのすぐ傍まで水が来ていました」

あのときの自分を呪《のろ》う。気づいた後に適切な行動を取っていたかと問われると、否と答えざるを得ない。

「ちゃんとしたキャンプ場なら照明もあって、周囲の様子がわかったかもしれません。けれど僕たちがいたのは、ただの河川敷です。街灯なんてあるはずもありません。離れた道路には街灯がありましたが、テントまで届くような強い光ではありませんでした。そのため、焚き火の明かりと、それぞれのヘッドランプの光だけが光源でした。ですから状況を把握できなかったのです。まずい状況だと理解できたのは、すでにテントに水が迫っていた頃でした」

慌てた酔っ払いなど、危機管理に最も向かない連中だ。そして自分たちは、まさしくそれだった。

「キャンプ道具を片づける余裕がないのもわかったので、貴重品だけ持って、車で道路に避難することにしました。そんな話をしているうちにも、水は押し寄せてきています。財布とスマートフォン、家の鍵だけジーンズに突っ込んで、服部の車に向かおうとしました。服部は車の鍵を持っていたので、先に行きました。僕は木乃美と花梨の傍にいて、二人の後から付いていこうと思っていました。ところがそのとき、木乃美が花梨に言ったんです。『タブレットは？』と。確かに花梨は小さなポシェットを持っていましたが、タブレットを入れていたトートバッグは持っていませんでした。テントの中に置いてきたということなのでしょう。花梨はタブレットを取りに、テントに戻りました。テントはもう、かなり水に浸かっています。タブレットはもう水没して使い物にならないのではないか。そう言って止めようとも思いましたが、花梨がタブレットを大切にしていたことは、みんな知っています。無駄だからやめろとは、言えませんでした」

それもまた、後悔の重要な一部分だ。戻ろうとしたのが木乃美だったら、無理にでも止めたかもしれない。でも戻ったのは「木乃美ではない」花梨だった。だからほんの少しだけ、他人事のように思ってしまったのかもしれない。

「僕は木乃美を先に車に向かわせて、その場に残ろうとしました。花梨を待って、一緒に行こうとしたんです。テントの周囲は真っ暗で、花梨のヘッドランプしか見えません。木乃美が車に着いたか確認するために、身体の向きを変えて車の方を見ました。僕のヘッドランプに照らされた服部の車を見た途端、まずいと思いました。マフラーが水に浸かりかけていたんです。マフラーに水が入ってしまえば、車は動かせなくなると聞いたことがあります。僕は大声で服部にそう告げて、花梨と共に車にダッシュしようと思いました。けれど振り返ったら、テントの辺りにいたはずの、花梨のヘッドランプの明かりが見えなくなっていたんです。車の方に顔を向けたわずかの間に、花梨はいなくなってしまいました。どうしようと迷いましたが、今から花梨を探していたら、車は動かせなくなります。木乃美はすでに車の中に入っていましたから、やむを得ず僕も車に向かいました。水の勢いが相当強くなっていましたから、車を先に行かせて、花梨を探して歩くなんてできる状況ではなかったのです。間一髪で車は動かせて、道路に上がることができました。でも、完全に水没した河川敷には、花梨の姿はありませんでした。翌朝、下流で花梨の遺体が見つかりました」

最も重い箇所を話し終えて、窪田はペットボトルのミネラルウォーターを飲んだ。息をつく。

「花梨の死に関して、僕たちに何かのお咎《とが》めがあったかというと、ありませんでした。全員が同学年の旅行でしたから、起きた事故に対して、誰に責任があるというものでもありません。花梨の両親にしても、少なくとも木乃美は助かっているわけですから、僕たちを恨みにくい状況だったと思います。冷たいことを言ってしまえば、花梨は勝手な行動を取ったため自滅したともいえるので。サークルにしても、もともと大学公認ではありませんでしたから、解散とか活動停止といった話にもなりませんでした。当時の三年や一年は活動を続け、僕たちの代だけが抜けました」

事故に居合わせたのは、自分たちの代だけだ。その場にいなかったメンバーは、花梨を悼《いた》む気持ちはあっても、自分事としては受け取らなかった。当然の話で、サークルのメンバーに文句をつける筋合いはない。

「生き残った三人は、直接話をしたわけではありませんが、三人で集まるのを避けようという意志で一致していました。三人が集まると、どうしても花梨のことを思い出してしまうからです。双子の妹を亡くした木乃美はもちろんですが、服部ともなんとなく会いづらい雰囲気になりました。それが、一年近く経った今でも続いています」

「一年近く経ったわけですか」相談員が眉間にわずかなしわを寄せた。「一年間も疎遠になった友人を、今になって殺害したいと考える理由を、お聞かせいただけますか？」

「聞いているかもしれないからです」

窪田はそう答えた。「花梨の命運を分けた、木乃美の言葉です。『タブレットは？』というひと言。先ほど説明しましたように、服部は花梨のことが好きでした。もちろん花梨が死んでしまった以上、あきらめるしかありません。でも、もし服部が木乃美の言葉を聞いていて、それを思い出したらどうでしょうか。木乃美が余計なことを言わなければ、花梨は死なずに済んだ。服部がそう考えたら、気持ちは事故当時に戻ってしまいます。奴は木乃美を詰《なじ》るでしょう。木乃美は、ただでさえ花梨が死んで自分だけが生き残ってしまったことで、激しく自分を責めています。一年近く経って、ようやく傷が癒えつつあるところに、服部が余計なことを言ったら、木乃美は壊れてしまうかもしれません。僕は、それを防ぎたいんです」

服部は行動力がある。自分の想像は、十分あり得ることだと信じられた。けれど相談員は納得していないようだった。

「お話を伺っていると、少なくとも今日までは、服部さんは木乃美さんを責め立てたりしていないように感じられます。それは正しいでしょうか」

ここ一年の、二人の様子を思い出す。

「正しいと思います。ときどき見かけますが、ある時期から二人の様子が極端に変わったようなことはありませんでしたから」

「それが一年近く続いた」相談員は眉間のしわを大きくした。「今まで起きていなかったことが、どうして心配になるのでしょうか。それも、服部さんを殺したくなるほど」

相談員の疑問はもっともだと思う。けれどこちらにも、理由はきちんとあるのだ。

「服部は、聞いていても、今は忘れているんだと思います。花梨の死の衝撃が大きすぎて、その周辺の細々としたことは、憶えていなくても不思議はありません。でも、まもなく一周忌がやってくることが問題なんです。行動力のある服部のことです。奴は事故現場に出向いて、祈りを捧げることでしょう。現場を見ながら当時のことを思い出していたら、今まで意識に上らなかった記憶が呼び覚まされることは、十分あり得ます。そうなる前に止める必要がある。僕はそう考えています」

相談員はまた窪田の目を見た。

「木乃美さんを護《まも》るためですか。同じサークルにいたときもつき合っていたわけではなく、この一年はろくに話しもしていない相手を護るために、殺人という危ない橋を渡ると？」

「はい」

窪田は即答した。今日、幾度も発した中で、最も強い意志がこもっていたと思う。

「僕は、花梨が死んだ直後の服部を見ています。花梨を助けられなかった後悔が強すぎて、自分を滅するのではないかと心配になるくらいでした。ときどき見かける姿を見ても、多少は立ち直ったようですけど、本質的なところは変わっていない。そんなあいつが真相を思い出せば、自分自身に向かっていた負の感情が、すべて木乃美に向かうと思うんです。しかも、一年分の利子をつけて。服部は、極めて危険で不安定な状態にあると考えています。だから、ことを起こすんです」

窪田の意志が伝わったのだろうか。相談員の眉間から、しわが消えた。

「起こるかもしれない破局を防ぐために、あらかじめ当事者を殺害しておく。動機としては、わかりにくいですね。しかしこの場合は、あなたにとっていい方に働きます。警察はまず物的証拠を探しますが、同時に動機の面からも捜査します。仮にあなたが服部さんを殺害できたとして、警察が動機からあなたにたどり着くのは、難しいと思えます」

それはいい情報ではないか。そう思いかけたところで、相談員は首を振った。

「けれど、警察があなたに注目するのは間違いありません。被害者である服部さんの周辺を調べていくと、当然昨年の事故にたどり着きます。そのときの関係者であるあなたと木乃美さん、そして花梨さんのご両親に、警察は関心を抱くでしょう。あなた方が犯人である証拠を、優先的に探します。そして、それほど時間をかけずに、あなたは逮捕されます。あなたは、木乃美さんさえ護ることができれば、自分は逮捕されてもいいとお考えですか?」

今度は窪田が首を振る番だった。

「いいえ。逮捕されたくはありません。木乃美と自分、その両方を護りたいからこその犯行ですから」

なんてムシのいい奴だと思われたかもしれない。けれどこれが窪田の本音だった。

相談員は真面目な表情を崩さなかった。ひょっとしたら内心では「何を甘えたことを言ってるんだ、この学生は」と思っているかもしれない。それでも表面上は、態度を変えなかった。

「それが可能かどうか、考えてみましょう。あなたはこの一年、服部さんと特に会って話したりしていないということでした。そんな相手を、どのようにして殺害しようと考えておられますか?」

犯行計画については、考えていることはある。ただ、決行していいほど緻密かどうかは、客観的にはわからない。

「大学の構内で声をかけようと思っていました。わざわざメールとかしたら、服部も怪しみますし、証拠も残ります。学内で見かけたときに、近づいて『事故のことで相談に乗ってもらいたい』と言えば、奴は自分から人気のないところへ行こうとするでしょう」

「声をかけているところを、知り合いに見られます。それでもいいと?」

「それはいいと思っています。事故以来、できるだけ会わないようにしようとしたのは、僕たちの間のことです。他の人はそんなこと知りませんし、かつて同じサークルにいて、一緒にいることが多かったことを憶えている人もいるでしょう。もし警察に『事件の直前に服部と話したか』と問われたら、『はい、しょっちゅうです』と答えるだけです」

「なるほど。それはいい手ですね。では、殺害の具体的な方法はいかがでしょうか。服部さんは、まさかあなたが殺そうとするなんて思ってもみないでしょうけれど、だからといって簡単に殺せるとは考えない方がいいです」

「そう思います」自分も同じことを考えていたのだ。だから、色々と策を練った。「最初の攻撃で確実に殺せればいいんですが、そうもいかないでしょう。かといって、格闘するつもりはありません。人気のない場所といっても、しょせん大学の構内です。たまたま死角になる場所、といった程度でしょう。騒いだら近くにいる人に聞こえますから。なので、服部の動きと声を止める方法を考えました。まず『見てほしいものがある』と言って、持っていたトートバッグを探ります。そして、タブレット端末を取り出すんです。花梨が使っていたものと、同じ機種を。服部は驚いて、意識をタブレットに集中させるでしょう。その隙にトートバッグを頭から被せます。突然視界を奪われた服部は無防備ですから、隠し持っていたナイフで、胴体のどこかを刺します。それで動きが止まりますから、次は致命傷になる場所——心臓とか肝臓とかを刺します。ナイフは指紋を拭いてからその場に捨てて、トートバッグとタブレットだけ持って立ち去ります」

いいアイデアだと、自分では考えている。ナイフも、遠くの雑貨屋かどこかで買えば、足がつくこともないだろう。

けれど、相談員は険しい表情になった。

「一見いいアイデアに見えますが、あまりお勧めできませんね」

「どうしてですか?」反射的に反発していた。これでも、けっこう考えたのに。

「声をかけるのはいいでしょう。服部さんが秘密の話と認定する、事故の話題を出すのも有効と思われます。けれど、肝心の実行方法に難があります。タブレット端末を見せれば、服部さんは驚いてタブレットに意識を集中させるというところ。ストーリーとしてはもっともらしいですが、本当にそうなるでしょうか」

「なりませんか」

服部は、花梨が愛用のタブレット端末で絵を描いていたことを知っている。事故の話をすると言ってタブレット端末を見せたら、奴は驚くはずだ。窪田はそう反論した。けれど相談員は首を振った。

「確かに花梨さんはタブレットを使っていたんでしょう。けれどそれ自体は、ありふれた機種ではないですか? 大学でもよく見かけるような。珍しい機種だったり、絵を描きやすい特別大きなサイズだったり、あるいは花梨さんがひと目で区別がつくようなステッカーを貼っていたりすれば、服部さんもわかると思います。花梨さんはそのようなタブレットを持っていましたか?」

「……いいえ、ありふれた機種でした」

「だとすると、ただタブレットを見せただけでは、服部さんは、あなたがタブレットに何らかの情報を映し出すと考えます。そうなると、服部さんの関心はタブレットそのものではなく、タブレットを操作するあなた自身に向かいます。トートバッグを被せようとしても、その動きは易々《やすやす》と見破られてしまうでしょう」

「……………」

「さらに申し上げれば、タブレットを持ち出すというアイデアもよくありません。あなたは、花梨さんを死に追いやったのが、タブレットを取りに戻るという行動だと知っています。花梨さんの死とタブレットが深く結びついていることを知っているから、このような計画を思いついたのでしょう。けれどあなたのお話では、服部さんはまだそのことを知りません。あるいは憶えていません。花梨さんはただ逃げ遅れただけです。それなのに突然タブレットを出されても、すぐに花梨さんと結びつけたりしないでしょう。ショックを受けたり、あなたから注意を逸《そ》らしたりしません。あなたは、ご自身の認識と服部さんの認識を、ごちゃ混ぜにしておられる。失敗しますよ」

「…………」

完膚《かんぷ》なきまでに叩き潰《つぶ》された。そんな気がした。

「大学構内の、人気のない場所に誘い出す。それ自体はいいのです。けれど、あなたご自身がわかっておられるように、無人の荒野ではありません。よっぽどうまくやらないと、大騒ぎになって殺害に失敗することになります。あなたは警察に逮捕され、動機を供述することになります。そうなると、あなたの供述によって服部さんは花梨さんの死の真実を知ることになります。完全なやぶ蛇ですね」

「で、でも」考えなしに反論してしまった。「僕は木乃美の近くにいられるわけではないんです。服部が真実を思い出して木乃美に詰め寄っても、護れません」

相談員は、服部のことを知らない。服部が真相に思い至れば、絶対に木乃美を責める。さすがに一足飛びに木乃美を殺害しようとまではしないだろうけれど、彼女に致命傷になりかねない精神的ダメージを与える。それは窪田にとって、疑いようのない予測だった。だからこそ、殺害してでも止めなければならないのだ。

「起こるかもしれない破局を未然に防ぐために、原因となる人物を殺害する」窪田の訴えが響かなかったのか、相談員の口調はまったく変わらなかった。「過去の事件でも、そのような事例がなかったわけではありません。あなただけが極端な妄想に囚《とら》われているわけではないと思います。けれど、成功するかどうかは、まったく別の問題です。事実、あなたの計画は実現性がありませんでした」

あらためて指摘されて、ぐうの音も出ない。

「動機から警察にアプローチされるリスクが低い以上、証拠を残さない殺害方法を確実に実行できれば、あなたの目的は達成できそうです。大学構内で面と向かっての殺害が不可能であれば、どのような手段を執りますか?」

「大学構内でなければ、構外ですか」

我ながらバカみたいな返答をしてしまった気がする。けれど相談員は、むしろうなずいてみせた。

「構外で殺せそうな場所とは、どこでしょう」

「え、えっと……」

まず浮かぶのは、服部の自宅だ。服部は都内のマンションで親と同居している。今どきのマンションだから、セキュリティはしっかりしているだろう。こっそり忍び込んで、親の目に触れないように服部を殺害することができるとは思えない。

では、アルバイト先か。いや、現在服部がどこでどんなアルバイトをしているかを、自分は知らない。

通学路か。いや、通学路とは、人々が行き交う道のことだ。誰にも見られずに服部を殺す機会などない。

窪田は心の中で頭を抱えた。こうしてみると、大学構内が最も可能性が高いじゃないか。けれど、呼び出せても殺せないのだ。

「難しいですか」

まるで窪田の心を読んだかのように、相談員は言った。「逮捕される前提であれば、やりようはあるかもしれません。それでも、失敗のリスクはつきまといます。先ほど申しましたように、目的は果たせずに自分は破滅するという、最悪の結末を覚悟する必要があるでしょう」

それが嫌だから、困っているのだ。効果的な反論を思いつかず、窪田は下を向いた。

けれど相談員は、いつまでも相談者を追い詰めるつもりはないようだった。やや口調を変えた言葉が、上から降ってきた。

「あなたの目的は、服部さんが木乃美さんを詰問《きつもん》することで、彼女がダメージを受けるのを防ぎたいんですよね。あなたは服部さんを殺害することで、それを実現しようとした。けれど、殺害だけが手段ではないと思います」

窪田はのろのろと顔を上げた。「と言いますと？」

「思いきって、花梨さんの死の真相を、あなたから服部さんに話してみるのです。服部さんは激しく動揺するでしょうし、木乃美さんを恨むでしょう。でも、怒りをその場で爆発させてあげれば、ガス抜きになります。どうして今まで黙っていたのかと、一発か二発殴られるかもしれませんが、それだけのことです。一度爆発して理性を取り戻したら、服部さんもいい大人です。旧知の女性を、あらためて理性的に責め立てたりしないでしょう。法学部のあなたから、木乃美さんの両親に訴えられるリスクもほのめかせば、さらに慎重になることが期待できます。不確実な殺害計画を実行するより、はるかに安全です」

「………」

思い切り直球勝負の解決案に、コメントできない。自分が思いつきもしなかったアイデアだ。けれど、確かに有効かもしれない。自分は花梨という身近な人間の死を、目の当たりにしている。だからそれに関係したことも、死に直結するほど重いものだ。そう考えていた。

そうではないというのか。真っ当な方法で説得したら、服部は怒りを呑み込んでくれるというのか。考えられない。そう思うけれど、絶対にないのかと問われると、自信を持って反論できない。

相談員の顔を見た。あなたの抱えている課題は、殺人を犯さなくても解決できる。彼はそう言っている。それに反論できない以上、彼のアドバイスが正しいのだろう。

ペットボトルから、またミネラルウォーターを飲む。補給された水分が、窪田を少し落ち着かせてくれた。

「わかりました」

窪田はそう言った。「失敗する殺害計画は、やらない方がいいと思います。失敗の影響は、木乃美にも及ぶでしょう。それは避けなければならないことです」

相談員にというより、自分自身に話しかけていた。

「服部と話してみます。一周忌までにそんな機会が持てるかわかりませんが、それでうまくいくのなら、確かに最善の方法です」

「おわかりいただけましたか」

相談員は優しげに話しかけてきた。「それであれば、お話しした甲斐があったというものです」

窪田は相談員にお辞儀した。

「実のあるお話をいただき、ありがとうございました」

ペットボトルをバッグにしまって立ち上がる。「失礼します」

窪田は一号室を出た。廊下を歩いて、事務室に声をかけて外に出る。夏のもわっとした空気が、窪田を包んだ。

「説得か……」

一人つぶやいた。服部が説得に応じるかはわからない。けれど、相談員が示唆《しさ》してくれた、訴訟リスクの話などは効果があるかもしれない。要は、木乃美を護れればいいのだ。

会わなくなって一年が経とうとしているのに、自分はまだ木乃美を忘れられない。まったく見かけなくなったのなら、忘れることもできただろう。けれど、ときどき見かけるという中途半端さが、自分をあの事故から一歩も動けなくしている。

もし服部が説得に応じたら、自分も木乃美を思い切れるだろうか。いや、そうしなければならない。一周忌は、その機会になるはずだ。

では、服部が説得に応じなかったら？

それは、そのときのことだ。

＊

「車、替えたんだな」

助手席で窪田壮が言った。ハンドルを握る服部建斗が答える。

「もともと古い車だったから、親父も買い換えのタイミングを探してたんだよ。あれをきっかけにして、新しい車に買い換えたんだ」

服部が運転しているのは、父親が買い換えた新車だ。前の車はステーションワゴンだったけれど、今回はＳＵＶ——街乗りからアウトドアまで対応できる、悪路も走れるし荷物もたくさん積めるタイプ——にした。

「最近、流行《はや》ってるよね。こんな車」

後部座席から白坂木乃美がコメントした。

「そうなんだよ」服部が正面を向いたまま答える。「一応、親父はアウトドアの心得があるけどね。でも、そんな使い方をしたいからというより、単に流行に乗っただけだ」

花梨が死亡した事故からまる一年の、一週間前。

服部は、窪田と木乃美に連絡を取った。事故のあったあの場所に出向いて、みんなで祈りを捧げないかと誘ったのだ。ぴったり一年後にしなかったのは、その日は両親が同じことをするだろうと考えたからだ。もちろん木乃美もついていくだろうから、木乃美は二週連続ということになる。

「わたしは、来週行くからいいよ」

そう言って断られることも考えられた。しかし、自分たちと一緒に来ることは期待できた。木乃美は、自分の余計なひと言が花梨を死に追いやったことを自覚しているはずだ。服部と窪田が二人だけでここに来て、木乃美の言葉を話題にされたりしたら、嫌だろう。自分も同行することで、場をコントロールできれば、その方がいい。そう考えても不思議はない。それに、両親が弔《とむら》いに行くのは、ずっと下流の遺体発見現場だろう。自分たちがテントを張った場所ではない。木乃美が、その両方に行きたがることも予想していた。

服部の狙いは当たった。木乃美は二つ返事で承諾し、こうして一年ぶりに三人が集まったわけだ。

服部はカーナビゲーションシステムの画面に視線をやった。「後、二十分くらいかな」

山間《やまあい》だから、日が暮れるのも早い。すでに、少しずつ薄暗くなってきている。日帰りの行楽に来ている連中は、そろそろ帰る時間だ。自分たちは弔いに来ているのだ。無人の方がいいに決まっている。暗くなる直前に到着するというのは、全員の意思でもあった。

「誰か、テントを張ったりしてなきゃいいけど」

木乃美がぽつりと言った。今度は窪田が答える。

「いないんじゃないかな。僕たちの事故が問題になっちゃったからね。自治体が泊まりがけのキャンプを禁止にしたはずだし、キャンプ禁止の標識もできたって、ニュースで言ってた気がする」

どんな形であっても、事故のことを話題にするのは辛い。けれど、そのためにやってきたのだ。多少の痛みは覚悟のうえだ。

「でも、服部は疲れてないか？」窪田が言った。「昨日まで、インターンシップに行ってたんだろう？」

「そうだよ」服部は答える。

服部が所属するゼミでは、三年生の夏休みに、企業研修に参加するのだ。教授が心当たりの企業に声をかけて学生を送り込む、いわゆる企業インターンシップだ。実社会で生きた経済を学べるし、その後の就職にも有利に働く。だから参加は望むところだったけれど、慣れない企業での仕事は、やはり疲れる。しかも昨日の夜は最終日ということもあって、企業の人たちが慰労会を開いてくれた。さすがに飲みすぎることはなかったけれど、窪田が心配するように万全な状態ではないのも確かだ。

「ずっと忙しかったから、今日の事前打ち合わせもできなくて、すまなかった」

服部は素直に謝った。

「いや、事前打ち合わせなんて、絶対必要ってもんじゃないからいいけど、運転代わろうか？」

「いや、この車の任意保険は、家族限定なんだ。だから俺が運転するよ」

「そうか」窪田はそれ以上言わなかった。木乃美も運転免許証は持っているはずだけれど、慣れない車で慣れない道を走ることを、はじめから放棄しているようだ。

任意保険の話は本当だけれど、大切なのは、車を出すのが自分だということなのだ。窪田や木乃美が車を出したのなら、計画に狂いが生じる。幸い、窪田は下宿生だから自分の車を持っていない。白坂家にも自家用車はあるだろうけれど、木乃美は自分から運転しない。その点も考慮してある。

「まあ、現地で少し休憩させてもらうよ。二人とも、今日の帰りは多少遅くなっても大丈夫だろう？」

「わたしは全然大丈夫」

「僕も明日は予定がないから、いいよ」

木乃美と窪田が口々に答える。夏休みだからアルバイトとかを入れているかと思ったけれど、二人とも翌日まで予定を空けてくれている。ますます好都合だ。

道が左に大きくカーブしている。まもなく目的地だ。河川敷に下りる側道が見えてきた。ハンドルを切る。側道の入口に『キャンプ禁止』と書かれた新しい標識が立っていた。窪田が言ったとおりだ。けれど自分たちはキャンプに来たわけではない。無視して河川敷に下りた。見覚えのある景色。服部は、昨年と同じ場所に車を止めた。「着いた」

車を降りた。バックドアを開けて、トランクルームから花束を三つ取り出す。一人がひとつずつ持った。

広い河川敷。その真ん中に、そこそこ水量のある川が流れている。今回は、しっかり天気予報を見てきた。この場所も、川の上流も雨は降らない。だから昨年のように、急激に水位が上がることはない。安心して河川敷に下りられた。そう。安心することも、計画のうちだ。

「行こう」

そう言って、テントを張っていた場所に移動する。窪田が川と道路の中間辺りで立ち止まった。

「この辺だったっけ」

「いや、もうちょっと川の近くだったと思う」服部が言った。「焚き火を消すのに川の水を使うから、川の近くがいいと言ってた気がする」

そうだったかな、とつぶやきながら、窪田も川の方に移動する。

「あの日は、増水するまでは、今より水量が少なかったと思う。だから記憶よりも川の近くだと思うぞ」

そう言い添えた。事故の衝撃が大きすぎたから、テントを張った位置など詳しく憶えていないだろう。服部が主張すれば納得することも計算済みだ。三人で、川まで二メートルの場所まで移動した。

「この辺りだ」

本当はもっと川から離れた場所だったけれど、自信たっぷりに服部は言った。

三人で、河原に花束を置いた。しゃがむ。目を閉じて、両手を合わせる。それが平均的日本人の弔い方だ。

一周忌。

ＮＰＯ法人に相談に行ったときに思いついたのだ。

相談員は服部に言った。他人の目がないところで木乃美を殺害することはできないと。

そのとおりだ。東京の、大学や木乃美の自宅の近くでは。だから自分もあきらめかけた。

けれど、一周忌を利用すれば、どうだろう。暗くなると誰もいなくなるこの場所なら、一切の邪魔が入ることなく木乃美を殺害できるのではないか。

当たり前の話ではあるけれど、この考えはすぐに壁にぶち当たった。窪田の存在だ。窪田がいれば、彼が目撃者になる。おまけに窪田は木乃美のことが好きだった。自分が木乃美を殺害しようとしても、止めに入るのは間違いない。かといって窪田抜きで木乃美を誘っても、来ないことは容易に想像できた。いくら自分が木乃美を殺したがっていることを知らなくても、一年間もまともに会っていなかった男と、二人きりでこんな遠くまで一緒に来るはずがない。木乃美を誘い出すためには、窪田も一緒であることが必要なのだ。

このジレンマを解消したのも、相談員の言葉だった。

——真犯人であるあなたが逮捕されないためには、警察にあなた以外に犯人がいると思ってもらわなければなりません。

そう。木乃美を殺害した犯人が必要なのだ。だったら、窪田にその役を担ってもらえばいい。

しかし窪田は木乃美のことが好きだった。そんな男が、なぜ殺すのか。手ひどく振られてかっとなったのか。いや、そんな浅はかな話ではない。なぜなら、そんな理由なら窪田は死なないからだ。

「木乃美を殺した犯人」は、警察に逮捕されてはいけない。なぜなら、その後の取り調べで、犯人でないことがわかってしまうから。つまり、窪田にも死んでもらわなければならない。

木乃美だけでなく窪田をも殺すことについては、ためらいはなかった。花梨が死ぬ直接のきっかけは、木乃美のひと言だった。それは間違いない。けれど、そのとき窪田も傍にいたのだ。あれほどの危険が迫っていたにもかかわらず、窪田は花梨が戻るのを止めなかった。奴はいわば共犯だ。木乃美と共に死ぬべきなのだ。

では、どうやれば木乃美を殺害して、その罪を窪田に着せられるのか。それも、この河川敷なら可能だ。ただし、ストーリーが要る。警察が納得するストーリーが。

窪田は木乃美が好きだった。この前提が邪魔だ。けれど、幸いなことに、窪田は自分の気持ちを誰にも話していない。木乃美本人にはもちろん、服部にもだ。だったら、事実を改変してしまおう。窪田は、花梨が好きだったのだ。そしてそのことを、自分は本人から聞いていたことにする。相談員には本当のことを話しているけれど、そこから情報は漏れない。

この改変で、何のメリットがあるのか。ストーリーが作りやすくなるのだ。花梨の死の真相を知った窪田が、激昂《げっこう》して木乃美に詰め寄るというストーリーが。

暗いこの場所でそんなことをすれば、何が起きるのか。恐怖を感じた木乃美は逃げるだろう。窪田は追いかける。木乃美は転んで川に落ちる。あのときのような水量ではなくても、川底はどうなっているかわからない。浅くても溺《おぼ》れることはあるのだ。転んで頭を打ち付けることもあるだろう。そして木乃美を追って川に入った窪田も、同じ道を辿《たど》る。その間、自分はどうしているのか。昨日までの企業インターンシップの疲れが出て、車の中で休憩しているうちに眠ってしまったことにすればいい。自分が疲労していたことは、企業の人たちが証言してくれるだろう。

仮に窪田や木乃美が車を出したのなら、行きの車中で休めるという状況になる。けれど自分が車を出したのなら、運転しなければならないのだ。この場所で休む理由ができる。

この場所なら、そんなストーリーが成立する。そして成立するための条件は、彼ら二人に意識を失った状態で川に入ってもらうことだ。自分には、それができる。目を閉じて祈っているときに、河原の石で頭を殴ればいいのだ。二人を昏倒《こんとう》させ、一人ずつ川の水に頭を押しつけて溺死《できし》させる。一周忌で、花梨の死について争った二人が川に落ちて事故死する絵が、それで完成するのだ。

「じゃあ、祈ろうか」

服部は率先してしゃがんだ。三人が一列になって、川の方を向いてしゃがむ形になった。木乃美と窪田が目を閉じて両手を合わせた。今だ。

服部は河原の大きな石に手を伸ばした。


どうしよう。

現場に向かう車内で、窪田はずっと考えていた。

NPO法人の相談員のアドバイスは、服部が自分で気づく前に、窪田が本当のことを教えてしまうというものだった。

窪田はそのアドバイスを受け入れた。一周忌までに服部と会い、木乃美への攻撃を行わないよう説得するつもりだった。

けれど、服部と会うことはできなかった。彼は企業インターンシップの真っ最中で、自分と会う時間を捻出《ねんしゅつ》することはできなかったのだ。結局、話すことは叶わず、こうして現場に向かっている。

仕方がない。このまま行くしかない。後はアドリブで、木乃美が責められるのを防ぐしかない。幸い、車内は穏やかな雰囲気だった。少なくとも、服部が木乃美に対して含むものがあるようには感じられなかった。

大丈夫だろうか。このまま無事に終わってくれるだろうか。期待半分、不安半分といった宙ぶらりんな気持ちで、窪田は車窓から外の景色を眺めていた。

「着いた」

側道から河川敷に下りて、服部が車を止めた。車を降りる。外はもう薄暗くなっていた。予想どおり、誰もいなかった。

花束を持って、テントを張った場所に向かった。記憶を頼りに、場所の見当をつける。窪田は立ち止まった。

「この辺だったっけ」

しかし服部が首を振った。

「いや、もうちょっと川の近くだったと思う」

あれ？　そうだっけ？

違和感を覚えたけれど、服部はずんずんと川に向かって進んでいく。川から二メートルくらいまで近づいて足を止めた。

「この辺りだ」

服部は自信満々に言い切った。

おかしい。いくらなんでも川に近すぎる。こんな所を指定して、服部は何をしようとしている？

わからないけれど、窪田は臨戦態勢に入った。何があっても、すぐに動ける準備をしておかなければならない。幸いというべきか、今日は酒を飲んでいない。あのときよりも俊敏《しゅんびん》な動きができるはずだ。

「じゃあ、祈ろうか」

服部はそう言ってしゃがんだ。頭《こうべ》を垂れて両手を合わせるポーズを取った。ごく自然な仕草だ。つられるように、窪田も木乃美も同じ姿勢を取る。目を閉じて、しばし故人に思いを馳《は》せる。それがこういった場での弔いの仕方だ。

その自然さが、逆に違和感を増幅させた。なぜ服部は、川の近くでこんなことをする？

答えに行き着いたのは、相談員との話が記憶にあったからだ。

大学構外では、他人に見られずに殺せそうな場所はない。

それがあのときの結論だった。けれど、その結論は間違っているのではないか。だって、ここは大学の構外で、しかも誰も見ていない——。

両手を合わせながら、薄目を開けた。横にしゃがむ服部を見る。

服部は、河原の石に手を伸ばしていた！

ほとんど反射的に、窪田もまた河原の石を手に取っていた。それほど大きな石ではない。それを、至近距離から思いきり服部に投げつけた。

鈍い音がした。

「うごっ！」

服部が叫び声を上げる。石が小さかったためだろう。意識を失うようなことはなかった。そして、右手には大きな石をつかんだままだった。振りかぶるように石を持ち上げる。服部は、その石で木乃美を殴るつもりなのだ。

そこから数分のことは、よく憶えていない。我に返ったときには、窪田は大きな石を右手につかんだまま、河原に尻餅をついていた。そして視線の先には、動かなくなった服部。頭から大量の血を流していた。つかんだ石に視線をやる。石にも、そして右手にも服部の血が付いていた。

「うわっ！」

叫んで石を投げた。石は川に落ちた。大きな水音で、理性が戻ってきた。

どうやら、自分は服部を殴り殺したらしい。なぜ？　服部が河原の石に手を伸ばしていたからだ。彼は、それで木乃美を殴り殺すつもりだったのだ。あるいは、殴っておいて抵抗できなくしてから、川で溺死させるつもりだったか。

なんということだ。自分は、服部が花梨の死について木乃美を責め立てることを想像していた。けれど服部の行動力はその上を行っていた。服部は花梨の復讐として、木乃美を殺害するつもりだったのだ。

結果として、窪田は木乃美を護った。服部を殺すことによって。図らずも、窪田がＮＰＯ法人を訪れる前に考えていたことが実現したわけだ。

「窪田くん……」

木乃美がしわがれた声で言った。「どうして？」

「わからない」窪田は答えた。「服部が石を持って君を殴ろうとしてたから、とっさに反撃したんだ」

「わたしを……」木乃美の目がまん丸になっている。「どうして?」

「わからない」

同じ質問に、同じ答え。嘘だった。自分も、おそらくは木乃美も本当はわかっている。服部は、真実に気づいたのだ。花梨は、木乃美のひと言が原因となって死んだということに。服部は花梨のことが好きだった。復讐する相手として木乃美を狙うのは当然だった。けれど、自分の口から、面と向かって言うわけにはいかない。

どうする。何度も殴ったから、正当防衛という言い訳は通用しない。明らかな過剰防衛だ。自分は逮捕される。

それは嫌だ。何とか逃げ延びる方法はないか。窪田は黒い川の水に目を向けた。

「服部は、川に流そう」

木乃美に向かって、そう言った。「血の付いた周りの石もだ。服部は、花梨ちゃんが好きだった。僕たちが目を離している間に、花梨ちゃんを思いながら事故のあった河原を歩いていて、足を取られて川に落ちた。川を流されている間に、川底の石に頭を打ち付けることもあるだろう。花梨ちゃんはテントにくるまれていたから大きな外傷はなかったけど、服部はそうじゃない。そんな事故死。そういうことにしよう」

もちろん、思惑どおりに行くかどうかなんて、わからない。賭けだ。けれど助かる可能性があるのなら、乗らなければならない賭けだ。だって、自分が逮捕されてしまったら、木乃美が花梨を死なせたことが白日の下に晒《さら》されてしまう。じゃあ、どうして自分は服部を殺したんだ?

「でも」木乃美が言った。「どうしてわたしたちは服部くんから目を離したの?」

「それは……」さすがに言いにくい。でも話を合わせてもらわなければならない。

「僕たちは、二人の世界に入っていたことにできないかな」

木乃美が一瞬黙る。窪田の言いたいことが理解できたからだ。自分と交際していることにしろと。

「そうね」抜け殻のような声で、木乃美が答えた。「それがいいかも」

窪田は安堵の息を漏らした。よかった。木乃美が同調してくれれば、成功の確率が上がる。窪田は立ち上がった。

「じゃあ、服部を川に落とすよ。いや、手伝ってくれなくていい。僕がやるから」

窪田は横たわる服部の傍に移動した。横方向に数回転がせば、川に落とせる。

ここに至って、窪田は服部に対しては、怒りの感情しかなかった。

どうして余計なことをした？　おかげで、自分まで犯罪者だ。一年前に死んでしまった女のために、どうして手を汚そうとしたのか。

しかし、怒っていても意味がない。今必要なのは行動だ。服部を転がすために、あらためてしゃがみ込んだ。

そのとき。

頭に強い衝撃を受けた。

目から火花が出た。何だ？　そう思っている間に身体が倒れていく。仰向けに転がった窪田の目に入ったのは、石を握った木乃美だった。

「窪田くん」

話しかけられたけれど、頭にダメージを受けたためか、返事ができない。

「あのとき、わたしも普通の精神状態じゃなかった。すぐに逃げようって言えばよかったのに、パニック状態だったからこそ、花梨がタブレットを大切にしていたことを思い出して、つい『タブレットは？』って口走ってしまった。花梨だって、本当はそんなつもりはなかったのに、わたしに言われたから取りに戻った。そう、わたしのせいだったの」

木乃美の虚ろな声が響く。

「窪田くんは、知ってたんだよね。わたしが余計なことを言ったせいで、花梨が死んでしまったことを。だって、すぐ傍にいたんだから」

木乃美の言っていることに間違いはない。だからこそ、自分は木乃美を護ろうとしたのだから。

「窪田くんが知ってることを知ってたから、わたしはずっと考えていた。窪田くんにぺらぺら喋られたら困るの。だから、窪田くんを殺そうと思ってた。でもわたしたちって、ずっと会わずにいたよね。そんな状態で殺せるかどうか、わからなかった。だから、ある団体に相談に行ったの」

えっ？

団体？

相談？

「相談員の人は、わたしを止めたよ。事故から一年近く経ってるのに、窪田くんはわたしのことを他人に喋ってないんだから、今後も喋る可能性は低い。口封じのための殺人は、失敗したらやぶ蛇になるから、やめた方がいいと。それに、大学や窪田くんの下宿できちんと殺せる保証はないと」

どこかで聞いた科白《せりふ》だ。

「わたしは怖かった。やっぱり口封じはしたい。でも殺せない。そんな状態を打開するきっかけがあった。それがこの一周忌。この場所なら、わたしたち三人以外は誰もいない。行動を起こすならここしかない。そう思った」

それはおそらく、服部も考えたことだろう。服部だって、大学や木乃美の自宅周辺で木乃美を殺せるとは思っていなかった。だからこの場所を選んだ。木乃美も同じだ。合理的思考の結果が、河原の石で殴るという原始的な手段だったのだ。仮にも最高学府の学生なのに。

なんてことだ。

服部は、復讐のために、木乃美を殺そうとした。

窪田は、起こり得る悲劇を未然に防ぐために、服部を殺そうとしたのか。

そして木乃美は、口封じのために窪田を殺そうとした。

三人が、それぞれの思惑で仲間を殺そうとした。自分たちは平凡な大学生のはずだ。それなのに、こんなバカげた殺意を抱いてしまうなんて。あの事故が自分たちに与えた影響は、それほど大きかったのか。

「窪田くんは、わたしのことを好きだったよね。態度でわかったよ。わたしも、嫌いじゃなかった。今思えば、さっさとつき合ってれば、こんなことにはならなかったかもしれない。でも、現実はそうじゃない。ごめんね。その気持ちは、なかったことにさせてもらうね。窪田くんは、花梨のことが好きだったの。あのとき、服部くんは花梨のことを放っておいて車を出した。窪田くんにとっては、服部くんは花梨を見捨てて逃げ出した極悪人。だから、この場所で殴った」

ちょっと待て。動かない身体で抗議した。自分は木乃美のことが好きだから、護るために全力を尽くした。それなのに、その原動力を全否定されるのか？

しかし木乃美には届かない。木乃美は何かに憑《つ》かれたように喋り続けた。

「でも服部くんも抵抗した。石で窪田くんを殴り返して、両者ノックアウト。二人とも川に流されていった。男子二人の喧嘩に、女のわたしはどうしようもなかった。それで一件落着。わたしの罪を知る人は、誰もいなくなる」

木乃美は倒れている窪田に近づいた。脇にしゃがむ。

「窪田くんのことを嫌いじゃなかったっていうのは、本当だよ。いや、もっとはっきり言えば、好きだった。最後にこんなことしか言えなくて、ごめんね」

木乃美は石を振り上げた。

窪田は、自分の頭蓋骨《ずがいこつ》が砕ける音を、聞くことができなかった。

Case 4

かなり具体的な提案

あいつを殺したい。

でも、殺せそうにない。

＊

『どうぞ』

インターホンのスピーカーから声が聞こえた。

日下部渉《くさかべわたる》は、ドアノブを握ったところで、一度動きを止めた。

自分は、人を殺したいと思っている。岡垣一也《おかがきかずや》。あいつだけは許せない。けれど、ためらっている自分も自覚している。なぜためらっているのかも。実現不可能と思うからだ。でも、あきらめきれない。

今まで散々考えてきた。同じ所をぐるぐる回っているだけの、無益な思考。それを打開するために、ここにやってきた。他人の意見を聞くことによって、頭を整理して先へ進むために。だったら、迷うことはない。日下部は、ドアノブを回した。

『1』というプレートの貼られたドアが、ゆっくりと開く。感触の重さから、分厚いドアだとわかる。城か大邸宅にあるような、重厚感を持ったドア。

しかし中の部屋は、ドアから受ける印象とはずいぶん違っていた。一般家庭の子供部屋といった広さ。ベージュ色のカーペットとクリーム色の壁紙、そして薄緑色のカーテンという配色もまた、子供部屋らしさを演出しているように感じられた。

部屋の中央には小さなテーブルが置かれている。椅子《いす》は二脚。そのうちの一脚に、男性が座っていた。

瘦《や》せている男性だった。顔も、身体も細い。その細い顔に、細いフレームの眼鏡をかけている。白いワイシャツにグレーのパンツ、紺色のジャケットという服装は、事務職のサラリーマンを思わせる。表情を読めない顔と相まって、温かみのある部屋には不釣り合いに見えた。

男性が空《あ》いている椅子を指し示した。「どうぞ、おかけください」

椅子は、男性の正面に置かれてはいなかった。お互いが正面を向いたときに、視線が直角に交差するように配置されている。お互いが相手を見ようと思ったら、顔の向きを変えなければならない。真っ正面から見つめられることがないのだ。これは、こちらが話しやすいようにという配慮だろうか。だったらありがたい。ここに来た用件は、正面から見つめ合いながら話すようなものではないからだ。

ありがとうございます、と軽く頭を下げて椅子に座った。通勤鞄を足元に置く。会社帰りに寄ったから、自分もスーツ姿だ。子供部屋になぜかサラリーマンが二人いる。もしこの部屋を外から眺めている人間がいたら、さぞかし奇妙な光景と映ることだろう。もっとも、窓はカーテンが閉じられているから、覗きこむ人間などいるはずがないのだけれど。

そもそも、自分たちはサラリーマンとして会っているわけではない。商談しに来たわけではないのだ。

犯罪者予備軍たちの駆け込み寺。

この施設は、そう呼ばれている。世の中には、犯罪に走ろうかどうしようかと悩んでいる人間が多い。そんな人間の相談に乗るNPO法人が存在する。日下部もまた、インターネットで情報を得て、電話をかけた。そのような場所にいる以上、目の前の男性はサラリーマンなどではない。犯罪者予備軍の相談に乗ってアドバイスしてくれる、プロの相談員なのだ。

「飲み物は持ってこられましたか？」

男性――相談員が言った。

「あ、はい」反射的に答える。面談の予約をしたときに、応対してくれた人が言ったのだ。話をしていると喉が渇《かわ》くから、飲み物を持参するといいと。日下部はその助言に従って、ペットボトルのブラックコーヒーを持ってきた。それは今、通勤鞄に入っている。

相談員は小さくうなずいた。「飲みたくなったら、こちらに遠慮せずに自由に飲んでください」

「ありがとうございます」

礼を言ったけれど、まだ身体は水分を欲していない。実際に鞄からコーヒーを取り出すことはしなかった。

相談員が軽く顔の向きを変えた。日下部を視界に捉《とら》える。

「ドアに『1』と書かれていたかと思います」

確かに、そんなプレートが貼ってあった。

「一号室という意味です。一号室は、人を殺《あや》めようとする人が入る部屋です」

相談員はちらりと日下部の目を見た。「あなたもまた、どなたかを手にかけようとしておられる」

「…………」

はっきりと言われて、すぐに返事ができなかった。カウンセリングの予約をする際、どのような犯罪を考えているのかを問われた。そのときに「人を殺したいのだ」と答えている。だから応対者は自分をこの部屋に案内したのだし、相談員がそのことを知っていても、何の不思議もない。それでも他人の口から自分の殺意を聞くと、言葉は砲丸のように日下部の胸に食い込んだ。

相談員は部屋を見回した。

「この部屋は、しっかりとした防音がなされています。もちろん録画も録音もしていません。予約する際、名前も訊かれなかったでしょう。ですからあなたがここで何を話したところで、それを聞く者は私以外にいませんし、それにより個人を特定することもできません。安心して、思うところを存分にお話しください」

存分にと言われても。

正直、そう思う。もちろん話すために来たのだし、こちらから話さないと何も進まないのはわかっている。けれど殺意というのは、自分の最もドロドロとした部分だ。それを他人にさらけ出すのは、抵抗があった。

なかなか話を始めない日下部に対して、相談員は苛立《いらだ》った仕草を見せなかった。代わりにというわけではないだろうけれど、相談員が口を開いた。

「まずは、最も簡単な話から始めましょう。あなたは、どなたを殺したいと思っているのですか？」

また砲丸がぶつかってきた。確かに最も簡単な質問だ。でも同時に、最も答えるのに勇気が要る質問でもある。日下部は大きく息を吸った。「知り合いです」

「お知り合い」相談員が繰り返す。「ひと口に知り合いといっても色々な関係があると思います。その方とは、どのようなご関係ですか?」

「………」

日下部はすぐに返事をしなかった。岡垣一也との関係を説明しようとすると、ちょっと長くなる。けれどそれを説明しないと、自分の殺意は理解してもらえない。覚悟を決めて、話しはじめた。

「英会話教室で一緒だった人間です」

英会話教室という言葉を自分の耳で聞いて、自然とリンジー・ヒースの顔が浮かぶ。彼女の花が咲いたような笑顔も。

幻影を振り払うように、日下部は一度頭を振った。再び口を開く。

「三年ほど前のことですが、私は週に一回、会社帰りに英会話教室に通っていました。会社には、週に一回ノー残業デーというものがありますから、それを利用したんです。その曜日に、当時の私の英語力に合ったクラスをやっている教室を選んで通いました。同じ曜日、同じ時間帯、同じ英語力なので、だいたい同じ顔ぶれが集まります。数回通えば他の生徒のことは憶えますし、クラスの前後に話もします。岡垣もその一人でした。というか、最初に仲良くなったのが岡垣です。同世代で、同じように東京の会社に勤めているサラリーマンだったからでしょう」

自然と殺したい相手の名前を出してしまった。まあ、ここでの話は一切外に漏れないということだから、名前を出すことに問題はない。

「三年ほど前とおっしゃいましたが、今は通っておられないのですか? あなたも、岡垣さんも」

今まで、多くの人間の相談を受けてきて慣れているのか、相談員は当たり前のように話についてきた。

「はい」日下部は、今度は即答した。そのことが、今日のこの場につながっているからだ。

「私が通っていたクラスの講師が、アメリカ人女性でした。当時、三十歳を少し超えたくらいだったでしょうか。以前日本に旅行に来て気に入ったから、英会話講師として日本で暮らすことにしたんだそうです。ひと昔前ならいざ知らず、今の日本はアメリカから見ると物価の安い国なので、暮らしやすいと思ったんでしょう」

それは正しい判断だった。けれど、問題は別のところにあったのだ。

「英会話教室にはよくあることなのかもしれませんが、生徒同士と同じように、先生とも親しくなりました。先生と生徒たちで飲みに行ったりしましたし。でも途中から、先生の様子がおかしくなりました。あんなに明るかったのに、冴《さ》えない顔をすることが多くなったんです。ですからクラスの後に飲み会をセッティングして、事情を訊いてみました。最初はためらっていましたけど、話してくれました。同居しているアメリカ人の男から、暴力を振るわれていたんだそうです」

自分はその男と会ったことがない。それでも自分の憎悪は、当初その男に向けられていた。

「出会ったきっかけは聞いていませんが、同じイリノイ州出身ということで、自然と仲良くなったんだそうです。家賃の負担を減らす目的もあって、一緒に暮らし始めた。でも、最初は優しかった男が、次第に暴力を振るうようになっていった。日本での仕事がうまくいかず、彼女相手に憂さ晴らしをするようになった。そういうことでした」

通勤鞄からペットボトルを取り出した。自由に飲んでいいとは言われたけれど、念のため「いいですか」と確認を取る。相談員が「どうぞ」と短く答えた。キャップを開けて、中のコーヒーを飲んだ。キャップを閉めて、テーブルに置く。

「なんとかしなければならない、と思いました。クラスを通じて十分親しくなったというのもありますが、海外から日本にやってきた人に不幸になってもらいたくない気持ちもありました。私と岡垣、他の社会人の生徒合わせて五名くらいで、先生を助けようとしました」

あのときからまだ三年と少ししか経っていない。だから今の自分がより大人になったとは思っていないけれど、あのときの義侠心《ぎきょう》と高揚感《こうよう》は、やはり若かったからだろうと思っている。

「会社の法務部に同期がいましたから、弁護士を探す方法を聞きました。彼のアドバイスに従って、英語のできる弁護士を見つけることができました。他の仲間が、アメリカ人を対象としたカウンセラーを見つけてきて、先生にカウンセリングを受けてもらう手はずも整えました。時間とお金はかかりましたが、なんとか解決の道筋がつけられました。そのままゴールまで駆け込めればよかったんですが、今度は私の身に変化が訪れました。会社から転勤の打診を受けたのです」

またペットボトルを取る。ひと口コーヒーを飲んで、話を再開した。

「私の会社では、出世するためには、一度は地方の工場勤務を経験しなければならないという不文律《ぶんりつ》があります。中でも最も規模が大きい広島工場は、会社が将来有望と判断した社員に経験を積ませる場所です。そして私が打診されたのも、広島工場でした」

自慢話に聞こえないか心配だったから、ちらりと相談員を見た。相談員の顔には、何の反応も浮かんでいない。ただこちらの話を真剣に聞いている。そんな感じだ。少し安心する。

「当然、受けるべき転勤です。でも、先生のことが引っかかっていました。私は中心となって動いていましたから、その私が抜けるのは、先生にも仲間たちにも申し訳ない気持ちがあったんです。ですからいったん回答を待ってもらって、英会話教室があるときに、岡垣に相談したんです。岡垣は、『行け』と言いました。先生を助ける道筋はもうついている。後は自分たちでなんとかするからと」

あのときのことを思い出す度に、苦いものが胸に湧き上がる。岡垣の言葉を聞いて安心した自分に対して。

「実際のところは、本当に道筋がついただけでした。弁護士が活躍して男を追っ払ったとか、カウンセリングによって先生が回復したとか、そんな具体的な成果はまだ得られていません。ですから私たちがまだまだ動かなければならない状態でした。でも、私がいなくなっても岡垣たちがやってくれるのなら安心だと思って、私は転勤を決めました。同時に、英会話教室もやめました。自分が工面できる範囲で、これからの弁護士費用とカウンセリングの代金を岡垣に託して、広島に行きました」

そう。あのとき、自分は間違いなく、心の中でひと区切りつけたのだ。

「工場勤務は大変でしたがやりがいもあって、楽しく過ごせました。地元採用の女性社員と結婚もしました。このままずっと広島にいればいいと工場長も言ってくれましたが、三年で本社に呼び戻されました」

そう。予定どおりの人事だった。会社員として順風満帆《じゅんぷうまんぱん》な人生。こんな殺意を抱くようになるはずはなかったのだ。

「広島時代に先生のことが気にならなかったわけではありませんが、抜けた自分が野次馬みたいに状況を訊くのも憚《はばか》られたので、岡垣たちとも連絡を取っていませんでした。でも東京に戻ってきたので、英会話を再開しようと教室に行ったら、先生はもういないと言われました。辞めて他の教室に移ったのか、それとも帰国したのかと事務員の人に訊いたところ、もう亡くなっていると聞いたということでした」

亡くなっているという言葉が、喉に引っかかった。またコーヒーを飲む。

「事務員の人は亡くなった事情を知らなかったのですが、たまたま以前クラスで一緒だった仲間が現れたので、事情を聞きました。すると、先生は精神的な辛さから逃れるためにドラッグに手を出して、質の悪いドラッグをつかまされて中毒死したのだそうです。衝撃的な話です。そうならないために、私たちが動いたのですから。でも久しぶりに再会した仲間は、私に冷ややかな目を向けてきました。最初に抜けたあんたが何を言うのかと。岡垣から聞いたぞ。『これは長期戦になる。費用もかさむ一方だから、どこかで区切りをつけないといけない』と、あんたが言ったと。だから弁護士とカウンセラーを紹介した今、手を引くと」

テーブルの下で、拳を握りしめた。今までの人生で、あんな理不尽なことを言われたことはなかったからだ。

「驚いて他のメンバーにも連絡を取りました。みんな、答えは同じでした。最も精力的に活動していた私が抜けたことで、みんなやる気を失ったのです。そしてそれを仲間に吹き込んだのが岡垣でした。私がいなくなった途端に活動をやめたわけですから、私が岡垣に託した弁護士費用もカウンセリングの代金も、使われることはなかったようです。それらはすべて、岡垣が着服したんです」

握った拳に力を込める。

「岡垣は、先生を助ける活動が面倒くさくなったんでしょう。それまでは声の大きい私に引っ張られて動いていましたが、先導者がいなくなったことを機に、逃げることにしたんです。それは仕方がありませんが、私を悪者にしたこと、私が置いていった程度の金と引き換えに先生を見殺しにしたことが許せないんです」

「岡垣さんには連絡したんでしょうか。本人から事情をお聞きにならなかったのですか？」

はじめて相談員が口を挟んだ。日下部は首を振る。

「連絡していません。私が託した金を着服している以上、本当のことを言うわけがありませんし、言ったところで自己正当化のごたくを垂れ流すだけでしょう。岡垣もまた、私がやめたすぐ後に、英会話教室をやめたようでしたし。でも当時のやりとりから、岡垣が勤めている会社名は聞いていました。一度休みを取ってその会社を見張ってみると、岡垣が通勤しているのを確認できました。逃げられたわけではなかったようです」

事情を話しているうちに気持ちが昂《たか》ぶり、日下部は相談員の目を見つめた。

「後悔しました。広島への転勤は仕方がないとして、仲間にこまめに連絡を取って状況を確認するとか、追加の費用を送金するとかすれば、活動は止まらなかったのではないかと。けれど私も新天地での仕事に集中していました。距離が離れたことで、関心が薄れたことは否定できません。でも、自分を責める以上に岡垣に対する怒りが増していきました。私を裏切り、先生を見捨てながらのうのうと生きている岡垣は許せない。そう思うようになりました。それが、奴を殺そうと思っている理由です」

話を終えて、大きく息をついた。コーヒーを飲む。代わって相談員が口を開いた。

「なるほど。怨恨ですね」

そんなことを言った。一瞬「えんこん」の意味がわからなかったけれど、すぐに頭の中で「怨恨」に変換する。相談員は言葉を続けた。

「あなたが岡垣さんを殺害しようとする動機は、怨恨といっていいでしょう。英会話教室の先生を見捨てたことへの復讐《ふくしゅう》という捉え方もできなくはありませんが、あなたの話しぶりだと、復讐よりも怨恨の要素が強いですね」

「そのとおりだと思います」

素直に認めた。異国で非業《ひごう》の死を遂げたリンジー・ヒース。自分の心にあるのは、彼女の仇を取るというような立派なものではない。自分を陥《おとしい》れ、先生を見捨てた岡垣に対する憎しみの方が、動機としてははるかに勝っている。別に怨恨より復讐の方が高尚だと言うつもりはないけれど、復讐という言葉の持つ純粋さを、自分は持ち合わせていない。

相談員は、小さくうなずいた。

「復讐と怨恨の間には、決定的な違いがあります。死者の復讐は、相手の死をもって完結させるしかありません。けれど怨恨は、必ずしもそうではありません。相手に何らかのダメージを与えたら気が済むというパターンも、少なくないのです。あなたの持つ憎しみは、本当に岡垣さんの死を必要とするものなのでしょうか」

「…………」

意外な質問に、すぐには答えられなかった。ここは、犯罪者予備軍たちの駆け込み寺だ。事情を聞いて、犯行を思い留まるよう説得するのかと思っていた。けれど目の前の相談員は、怨恨による犯罪を否定していない。ただ、相手に与えるダメージの程度を訊いているだけだ。

では、回答はどうなのか。自分は岡垣を憎んでいる。奴がこのまま幸せに生きていくことは許されないと思っている。そのうえで、岡垣がどのような状態になれば、自分は満足するのか。死ねばいいのか。後々まで後遺症の残るような重傷を負わせればいいのか。それとも顔面を何発か殴れば気が済むのか。

それぞれのパターンを頭の中でシミュレートしてみる。

少なくとも、殴れば済むというものではない。それだと、奴は少し痛い思いをするだけで、すぐに幸せな生活に復帰してしまう。

重傷はどうか。後遺症が残れば、生活の質は下がる。ざまあみろと言いたいところだが、それでは、奴はただの被害者になってしまう。襲うときに奴の罪を言いたてたりしないかぎり、なぜ自分が襲われたか、わからないだろう。ということは、岡垣は自分がうまく立ち回って成功したと思い込んだまま生活を続けることになる。それもまた、許せるものではない。

「岡垣が死ぬことは、必要条件だと思います」

それがシミュレーションの結果だった。相談員は驚いた様子を見せなかった。

「あくまで殺害が必要ということですね。それですと、かなりハードルが上がります。先ほどの質問は、殺害しようとして失敗したときのことを想定してのものでもあります。あなたが岡垣さんを殺害しようと襲いかかったはいいですが、殺せなかったということも起こり得るのです。殺したつもりでも実は死んでいないという事例は、過去に数え切れないほどありますから。あなたはその場合でも満足できるかというと、満足できない。そういうことですね」

「……そうですね」

相談員の仮定を頭の中で再現してみた。確かにあり得るし、満足できないのもそのとおりだった。

「それから、先ほどあなたは、ご結婚されているとおっしゃいました。日本の警察は優秀です。あなたが行動を起こした場合、逮捕される可能性は極めて高いと想像できます。逮捕されたら、その後の奥様の人生は、かなり辛いものになるでしょう。それは避けたいというお考えでいいですか？」

「はい」即答した。当然だ。自分は彼女を不幸にするために結婚したわけではない。相談員がうなずく。

「あなたは岡垣さんを確実に殺害しなければならない。しかも、犯行後に逮捕されてはいけない。それが、あなたがご自分に課した条件です。それは可能でしょうか。まずは前者。確実に殺害する方法を、何かお考えでしょうか？」

それだ。それが、ここに来た理由にもなっている。つまらないプライドが口を開かせまいとしたけれど、きちんと話すことにした。

「実は、それが悩みの種なんです。というのも、岡垣は高校時代からボクシングをやっていて、県大会でベスト8まで進んだほどの腕前です。社会に出てボクシングをやめているとしても、こっちは腕っ節が強い方ではありません。正面から襲いかかったら、返り討ちに遭うでしょう」

たとえば金属バットか何かで襲いかかっても、簡単に避《よ》けられてパンチを喰らうことは、容易に想像できる――そう付け加えた。相談員は賛成の目を向けてくる。

「とすると、攻撃は背後からですか。いくらボクシング経験者でも、武道の達人というわけではない。自分が狙われていると、常に警戒しているわけでもない。そのような相手ですから、背後からいきなり襲えば、反撃されるリスクは低いように思えます」

まるでけしかけているような科白《せりふ》だったけれど、表情が裏切っている。相談員は無表情だった。君はこんな口車に乗るのか――そう問うているように見える。少し考えて、首を振った。

「背後からだと、確かに反撃されないかもしれません。ですが、機会がありません。実は、奴を尾行したことがあるんです。会社を出て家に帰るまでのルートを確認するのと、奴の自宅を調べるためです。そうしたら、会社から駅まで、駅から自宅までの間に、奴が一人になるような人気《ひとけ》のない場所がないのです。正面からでも背後からでも、奴を襲おうとしたら、公衆の面前で行うことになります。絶対に逮捕されるでしょう」

「自宅はどうですか？　自宅に侵入して襲うとか」

日下部はまた首を振る。

「岡垣はマンション住まいなんです。買ったのか賃貸なのかはわかりませんが、入口にオートロックのあるマンションでした。仮にオートロックをくぐれたとしても、防犯カメラに写ってしまうでしょう」

「職場というわけにもいかないでしょうね」

「はい。岡垣が勤めているのは品川《しながわ》にあるＩＴ企業で、十九階建てのオフィスビルにあります。オフィスエリアに入るためには警備員常駐のゲートを抜ける必要がありますから、実際問題として非常に困難だと思います」

相談員が指摘したようなことは、とっくに考えている。一応、そこまでは検証できているのだ。そう。自分が岡垣を殺害することは、実際問題として極めて困難なのだ。生きていることが許せないとまで憎んでいるのに、殺せない。だから殺害をあきらめる理由を他人から言ってもらうために、ここに来た。自分の中にそんな気持ちがあることは否定しない。強い憎しみを封印することが、強さなのか弱さなのかはわからないけれど。

よどみない答えに、相談員は満足したような顔を向けてきた。

「職場も難しいというわけですね。もちろん岡垣さんも、ずっと家と職場の往復だけというわけではありません。寄り道もするでしょうし、飲みにも行くでしょう。そこに隙が生まれる可能性もありますが、その隙を見つけるためには、岡垣さんをずっと監視していなければなりません。

あなたも仕事をしておられますから、常時の監視は難しいと思われます。できたとしても、ずっと監視をしていたら、さすがに本人か周囲の誰かが気づきます。それ以前に、奥様が怪しむでしょうね。浮気を疑われて探偵でも雇われたら、さらに逮捕のリスクが上がります」

そのとおりだ。今までだって、妻に疑われないよう細心の注意を払って、監視の時間を捻出《ねんしゅつ》したのだ。

「正面から攻撃しても成功は難しい。背後から攻撃しようにも場所がない。接近しての実行は難しいようです。では、離れたところからではいかがでしょうか」

離れたところからとは、どういう意味だろう。少し考えて、答えを思いついた。

「飛び道具ですか。銃とか、弓矢とか」

当たっていたようだ。相談員はわずかに目を細めた。

「そうです。銃の方は、日本では厳重に管理されています。暴力団のようなところからのルートで入手できなくはないでしょうが、あなたはそのようなルートをお持ちですか？」

日下部は簡単に首を振る。「まさか」

「では弓矢とか、今は禁止されていますがボウガンとかですか。距離にもよりますが、急所に矢が当たれば、致命傷になり得ます」

「弓矢」繰り返す。「私は、触ったことがありません」

「となると、実行までにかなりの修練を積まなければなりませんね。そんなことをしたら、それこそ奥様に疑われるでしょう」

そのとおりだ。突然アーチェリーに目覚めたなんて、どう考えても怪しい。ボウガンに至っては禁止されているのだから、持っているだけで妻は大騒ぎするだろう。素直にそう答えた。

「とすると、飛び道具を使って遠距離攻撃するのも現実味がありません。そもそも、動いている相手に一撃で致命傷を与えられるなんて、期待しない方がいいです」

あんたが言ったんじゃないか――そう反論しかけて、言葉を止めた。相談員は、あらゆる可能性を検証しようとしているのだ。この面談の後、自分が勝手にその可能性を思いついて突っ走ってしまわないように。

相談員が話題を変えた。

「毒殺という手もあります。岡垣さんが飲み食いするものに毒を入れるというのは、お話を伺うかぎり、ほぼ機会はないでしょう。それなら、猛毒を針に付着させて、その針で身体のどこかを刺すという手段があり得ます。通勤ラッシュの満員電車であれば、誰の目にも触れずに岡垣さんの背中なり太股《ふともも》なりに針を刺すことは可能と思われます」

以前、そのような推理小説を読んだ気がする。では、できるのか。

「私はそれだけで死ぬような猛毒を持っていません。どこかから調達するにしろ、自分で製造するにしろ、まずできないでしょう」

当たり前だ。自分は普通のサラリーマンだから、家と会社の往復が日常生活だ。家には妻がいるし、どこかに秘密の実験室を持っているわけでもない。毒物など、入手しようがない。

「もっと過激な手段もありますね。岡垣さんのすぐ近くで爆発物を爆発させるとか、火炎放射器の炎を浴びせるとか」

どんどんアイデアがひどくなる。

「爆弾も火炎放射器も、入手できませんし、できたとしてもやった瞬間に捕まります」

「つまり、どうやったって岡垣さんを殺害できない。そうなりますか」

「………」

答えられなかった。視線が落ちる。

そんなことはわかっていたのだ。自分には妻がいる。危ない橋は渡れない。でも、あきらめきれなかった。あきらめるためには、冷静な第三者の意見が必要だった。目の前の相談員のような。

「動機は、怨恨ということでした」

相談員の口調が、やや変化した。「岡垣さんが幸せな生活を送っていることが許せないと。でしたら、殺すことではなく、岡垣さんから幸せな生活を奪うことを考えてはいかがでしょうか。合法的に」

「えっ？」顔を上げる。今までどおりの無表情だったけれど、なぜか少しだけ優しさを感じた。

「あなたの憎しみの主要因はふたつあります。ひとつが岡垣さんが先生への支援を勝手に打ち切って見捨てたこと。もうひとつがあなたを悪者にしたことです。それらに比べたら、あなたが渡したお金を着服したことには、それほど重きを置いていないようです。でも、こちらを利用してはいかがでしょうか」

予想外の意見だった。しかも、意味がよくわからない。

「岡垣に、金を返せとねじ込むのですか？」

「その手もあります」相談員は賛成の口調で反対した。「他の手もあります。あなたは弁護士費用とカウンセリング費用として、岡垣さんにお金を託したということです。英会話教室の先生が亡くなったことを、最近知ったということにして、岡垣さんに連絡するのです。お金を返せというのではなく、『自分が東京を離れるときに弁護士費用を渡したけど、無駄になったか』と残念そうに言うのです。そうしたら、着服したことを知られたくない岡垣さんは『そうだな。弁護士もがんばってくれたみたいだけど』とか、預かったお金は間違いなく弁護士に渡したといった説明をするでしょう。まず、その言葉を引き出してください。そのうえで、件《くだん》の弁護士に連絡を取るのです。弁護士費用を支払ったはずだが、動いていないのはどういうことだと」

思わず瞬《まばた》きした。この人は、いったい何を言いだすのか。

「弁護士からしたら、青天の霹靂《へきれき》です。三年も前のことについて、突然文句を言われるのですから。事情を詳しく聞こうとするでしょう。そこで、ご自分が岡垣さんに資金を渡して、岡垣さんは間違いなく弁護士に支払ったと証言したことを伝えるのです。岡垣さんとのやりとりは、メールなら記録が残りますし、電話なら内容を録音しておくといいです。もちろん弁護士は認めるわけがありません。当時の出納《すいとう》記録を引っ張り出してきて、そのような入金がないことを明らかにするでしょう。岡垣さんの証言と弁護士の証言が食い違いますから、そこに告発の余地が生まれます。あなたは家計簿をつけておられますか？」

家計簿ならば、就職したときからつけている。「はい。表計算ソフトでですが」

「では、岡垣さんにお金を託した記録もつけてありますね。そのファイルは、手を加えずに保存しておいてください。改竄《かいざん》していない証拠として、当時の日付のまま、CD－Rか何かに焼いておくといいかもしれません。その記録と、弁護士費用を支払ったという岡垣さん自身の証言、そして弁護士の記録を合わせれば、有利に戦いを進められます。岡垣さんの証言は、あなたからお金を受け取ったことを認める証言にもなりますから、あなたに陥れられたという言い訳も通用しません」

思わず唾を飲みこんでいた。「裁判になったら、勝てるでしょうか」

「それは、わかりません」相談員は素っ気なく答えた。「あなたにとって勝敗は、はっきり言ってどうでもいいことだと思います。たとえ全額返金されたとしても、それが目的ではありませんから。告発する際、岡垣さんが勤務している会社にもそのことを伝えるのです。管理不行き届きとか、理由はどうとでもつけられます。そうすることによって、会社は従業員が知り合いから支払いを頼まれたお金を着服したことを知ります。会社からあなたに問い合わせが来たら、本当のことを話せばいい。裁判の結果にかかわらず、岡垣さんにとって会社は、居心地のいい場所ではなくなるでしょう。心機一転まき直して幸せになる可能性は残っていますが、当面の間、岡垣さんは不幸になります」

相談員の提案を、頭の中で反芻《はんすう》する。驚くほど真っ正面からの攻撃だ。致命傷は与えられなくても、岡垣にかなりのダメージを与えられるだろう。

「あなたは、岡垣さんの死は必要条件とおっしゃいました。今申し上げた方法では、岡垣さんは死にません。ですから、あくまで代替案です。車を運転するからビールを飲めないというときに、ノンアルコールビールを飲むイメージでしょうか。物足りないかもしれませんが、本物のビールを飲んで車を運転したら、捕まります。最悪事故を起こして自分の身が滅びることもあり得ます。それに比べたら、ずっといいのではないでしょうか」

「…………」

相談員の意見は正しいように思えた。犯罪者予備軍に対して、犯罪ではなく合法的に近い結果を得よと言っているのだ。自分は元々、あきらめるために相談に来た。けれど、相談員は泣き寝入りしない方法を提示してきた。それならば、従うのが最善の道ではないのか？

確かにそう思える。相談員が指摘したように、自分の憎しみは金から来るものではない。けれど岡垣にとっては、金の問題が最重要だ。なんといっても、横領罪なのだ。それに比べたら、リンジー・ピースを見捨てたことや、自分に責任を押しつけたことなどは、奴にとってはたいした問題ではない。罪にならないからだ。だったら、金についての追及が最も効果的だ。

そうですね、と答えようとして、唇の動きが止まった。

――待てよ。

相談員の提案は、確かに有効だ。あくまで、ノンアルコールビールとしては。けれど、やりようによっては、本物のビールを飲むこともできるのではないか？

「そうですね」

意識して吹っ切れたような口調で言った。「おっしゃるとおりだと思います。岡垣を殺そうしても、実現できない。それならば、ご提案のような方法で、奴への恨みを晴らすのがいいと思います」

「それはよかった」こちらが思い通りの返事をしたためか、相談員も安心したような声でコメントした。「それなら、お話しさせていただいた甲斐《かい》があったというものです」

「ええ」コーヒーのペットボトルを通勤鞄にしまう。「ここに来てよかったです。実際に裁判を起こすかはともかく、あらためてご提案いただいた内容を検討してみます」

通勤鞄を持って立ち上がる。

「これで失礼します。有益なアドバイスを、ありがとうございました」

＊

『日下部さん？』電話の向こうで戸惑ったような声がした。『日下部さんって、あの日下部さん？　本当に？』

「その日下部です。岡垣さん、久しぶりです」

ＮＰＯ法人に相談に行ってから一週間後。日下部は岡垣に電話をかけた。午後八時。非常識な時間帯でもないし、妻は入浴中だ。いつも長風呂だから、安心して話せる。

『本当に久しぶりですね』意図的に明るい声を出しているのがわかる。本当は日下部の声など聞きたくないだろうに。『どうしました？　確か、広島に引っ越されたということでしたが』

岡垣に転勤の打診をされた話をしたときには、しばらくしたら本社に戻る予定とまでは言わなかった。岡垣は日下部がずっと広島にいて、もう会うこともないだろうからと、着服に及んだのだろう。いずれ東京に戻ってくることまで話していたら、岡垣はもっと慎重に行動したかもしれない。けれどそれは自分の責任ではない。

「いや、最近東京に戻ってきたんですよ」こちらも、「怨恨」の「え」の字も感じさせない声を作った。「戻ってきたから英会話を復活させようかと思って、行ってみたんですよ。そしたら、ヒース先生が亡くなったというじゃありませんか。ご存じでしたか？」

さあ、岡垣は何と答えるだろう。

『えっ』絶句するような響き。『そうなんですか？』

知らない方向に持ってきたか。

「岡垣さんも知りませんでしたか」

『はい』いかにも意外そうに答える。『英会話教室は、日下部さんがやめられてからちょっとして、私もやめちゃったんですよ。仕事が忙しくなりすぎたんで』

これも嘘だ。何回か監視したけれど、いずれも午後六時過ぎには退社している。ＩＴ企業は過重労働のイメージがあるけれど、少なくとも岡垣は当てはまっていないようだ。

「教室にたまたま植田《うえだ》さんがいたんで、訊いてみたんですよ。植田さんは憶えてるでしょう？　あのとき、私たちと一緒に、ヒース先生を助けるために動いてくれた人です。そしたら、私たちが相談に乗った件がうまくいかずに、それが原因で亡くなられたということでした」

『ああ――そうだったんですか。それは残念です』

「本当に。弁護士もカウンセラーも、いったい何をやってたんですかね」

あなたもそう思うでしょう、というニュアンスを滲《にじ》ませる。

『……そうですね』

「最初に相談料を払って相談に乗ってもらったときには、こういったケースは扱い慣れているから安心しろ、みたいなことを言ってたじゃありませんか。その後、ヒース先生と実際に会うための相談料も渡したのに、全然力になってくれなかった」

広島に出発する際に渡した金のことだ。岡垣は、どう反応する？

『……まったくです』

岡垣が弁護士に金をきちんと渡したことを疑っていない口調で言ったから、岡垣はそう答えざるを得ない。これで岡垣は、自分の口から弁護士に金を渡したことを認めたことになる。

「どうにも収まらないから、今度弁護士のところに行こうと思ってます。実際に、どのように動いたのか、報告してもらいます。こっちは金を払ったんだから、スポンサーです。スポンサーには、資金をどう使ったか詳しく聞く権利がありますから」

『――っ！』

息を呑む気配。岡垣にとって、最もあってほしくない展開だから、当然だ。さらにたたみかける。

「そうだ。岡垣さんも一緒に行きませんか。岡垣さんも、ヒース先生のことでは熱心に動いてましたよね。それなのに、こんなことになってしまったんだから、怒って当然ですよ」

『え、いや、はい』

返事になっていない。少しの間を置いて、岡垣は再び口を開いた。『でも、弁護士に会って、どうにかなりますかね。奴らは口のうまさで商売してるから、色々ともっともらしい言い訳をしそうですが』

ぬうっ、と唸《うな》ってみせる。ほんの少し黙って、口を開く。「それでもです。岡垣さんも忙しいでしょうから、一緒に行けないようでしたら、私一人で行きます」

『ちょ、ちょっと待ってください。私も行きます』

慌てた様子で言った。『でも、今言ったように、相手は手強いです。事前に二人で打ち合わせしてから行きませんか？』

来た！　その言葉を待っていた。

「それがいいですね。どうします？　前に行っていた、教室近くの居酒屋がいいですかね」

『いや、大事な話ですから、飲みながらはまずいでしょう』

「じゃあ、駅前の喫茶店ですか」

『いや、人が亡くなった話をするわけですから、周囲に人がいない方がいいです』

「ふむ」理由になっていないと思うけれど、それでも真に受けて考えるふりをする。「じゃあ——そうですね、教室のビルの裏手に、駐車場があったのを憶えてますか？　銀行の駐車場です。確か窓口が終わる五時に、出入り禁止にしてました。あそこなら誰も来ないから、落ち着いて話ができます」

『あ、ああ。あそこなら、ぴったりですね』

安心した声。それはそうだろう。岡垣は、弁護士と会わないよう、日下部を説得しようとするはずだ。言いようによっては、日下部が激怒する可能性もある。居酒屋や喫茶店といった、他人がいるところで日下部が騒ぎだすのを避けたいのだ。

狙いどおりだ。岡垣は、自ら他人の目がないところに飛び込んでくる。日下部と二人きりになることを、誰にも知られないように。これで岡垣を殺害する環境が整った。

相談員の提案を聞いて思いついたのが、この案だ。岡垣が触れられたくないところを突くという点は同じでも、求める岡垣の反応が違う。半ばあきらめていた殺害方法に、光が見えたのだ。

相談に行くことによって。

「いつにしましょうか――そうだ。来週の水曜日はどうですか？　夜の七時くらいなら空けられますが」

来週の水曜日は、妻の帰りが遅い日だ。社内結婚だったから、東京の本社に呼び戻された際、妻にもポストを用意してくれたのだ。その所属部署で、送別会があると聞いている。一次会だけで帰るとしても、午後九時過ぎになるだろう。岡垣と会うのが午後七時なら、先に家に戻れる。妻に怪しまれることはない。

『ああ、その日なら都合をつけられそうです』

「よかった。七時でいいですか？」

『大丈夫です』

「助かります。岡垣さんが同行してくれると、心強いですから。それでは、来週の水曜、七時で」

『了解しました。では』

「では」

電話を切った。


水曜日。

日下部は駐車場で岡垣を待っていた。

この場所を提案したのは、うろ覚えの記憶からではない。NPO法人に行ってから岡垣に電話をかけるまでの間に、きちんとロケハンしている。記憶どおり、午後五時半には勝手に車を駐められないように、出入口にロープを張ってあった。これならば、駐車場利用目的の人間は来ない。

それだけではない。近隣のビルから死角になる場所も見つけてあった。先に来たのは、自分がその場にいることによって、岡垣もこの場所に来るよう誘導するためだ。

腕時計を見る。午後六時五十七分。出入口のロープを跨《また》ぐ人影が見えた。見覚えのあるシルエット。間違いなく岡垣だ。手を振って、こちらの存在を示す。岡垣も手を振り返して、こちらに近づいてきた。至近距離で向き合う。

「お久しぶりです」

「こちらこそ、ご無沙汰《ぶさた》です」

まずは、社会人らしいやりとり。

「英会話教室をやめてから、ここら辺には来てませんから、懐かしいですね」

岡垣は周囲を見回した。懐かしむためなのか、他の人間がいないかを確かめるためなのか。まあ、どちらでもいい。

「じゃあ、始めましょうか」

日下部は言った。弁護士に対して、どのように話を持っていくかを相談するのが、この場の目的だ。表向きは。岡垣がうなずく。

「電話でも言いましたけど、相手は口先で勝負している弁護士です。少なくとも、ただ怒鳴り込むだけでは、真面目に対応してくれません。慎重になった方がいいですね。きちんと対応しないとまずいことになると、相手に思わせられる理論武装ができないうちは、行かない方がいいと思います」

やる気を見せているようで、実はこちらを止めにかかっている。奴の立場としては、当然のことだ。日下部はうなずいてみせる。

「私もそう思います。そこで、弁護士を交渉のテーブルに着かせる武器を持ってきました」

日下部は通勤鞄に手を突っ込んだ。Ａ４サイズのクリアファイルを取り出す。中には、コピー用紙を挟んであった。通勤鞄を足元に置いた。

「最初に弁護士に会ったときの、面談録です。といっても、話している最中のメモ書きを、後になって書き起こしたものですが。ここに、責任を持って対応するといったことが、書いてあります」

言いながら、クリアファイルを差し出した。岡垣が反射的に両手を出して受け取ろうとする。

今だっ！

岡垣は元ボクサーだ。肉体的な戦いで勝てるはずがない。だったら、そのボクシングを封じてしまえばいい。

一般的な会社員であれば、人から渡された書類を受け取るとき、片手で受け取ることは、まずない。礼を失しているからだ。必ず両手を出してくる。会社員である岡垣も、習い性になっているだろう。受け取った瞬間は、両手がふさがるのだ。しかも、意識は書類に向いている。

そこがチャンスだ。クリアファイルにコピー用紙を入れてあるから、手元の下が見えない。そこで、隠し持った針で腕を刺すのだ。ナイフでなく、針。それがポイントだ。針なら繊維など楽々貫通するから、服の上からでも攻撃できる。しかもどんな角度で突いても刺さりやすい。相談員が言及したような毒を塗っているわけではないから、それで死ぬことはないけれど、かなり痛い。

激しい痛みの正体は、すぐにはわからない。それでも針の刺さった腕は、自在な動きができない。痛みに驚いている間は、無防備だ。その間に、もう片方の腕も刺す。そして太股も。自慢の両手とフットワークが使えなくなったところで、背後に回り込んで、後ろから両目に指を入れる。視力を奪ってしまえば、こっちのものだ。スーツのポケットに隠しているナイフで、悠々と致命傷を与えることができる。

警察は、岡垣がなぜこんな場所に来たのか、不審に思うだろう。捜査の過程で、日下部と電話した記録を発見する。でもそれだけだ。会話の内容まで記録されているわけではない。単に、東京に戻ってきたから久しぶりに飲もうという相談をしただけだと証言すればいい。

警察が日下部と岡垣の関係を捜査すると、リンジー・ヒースの存在が浮かび上がるだろう。けれど彼女によって自分たちに軋轢が生まれたことは、表面上はない。日下部は、岡垣を恨みようがないのだ。途中で抜けた日下部を岡垣が恨むことはあっても、逆はない。よほどの物的証拠を残さないかぎり、動機のない人間を警察は逮捕しない。

しかし。

クリアファイルを受け取ろうとした、岡垣の手が止まった。そのため、針を隠し持っている日下部の手も止まる。

岡垣が動きを止めた理由は、日下部も理解していた。駐車場の出入口付近から、人の声がしたのだ。それも、複数。出入口の方を見ると、二十代とおぼしき若者が三人、ロープを跨いで入ってきた。それぞれ、手にスケートボードを持っている。どうやら、無人の駐車場でスケートボードの練習をしに来たようだ。自分が下見したときにはいなかったから、たまたま水曜日が練習の日になっていたのかもしれない。

ダメだ。こんな近くに目撃者がいたら、決行できない。隠し持った針に気づかれないように、あらためてクリアファイルを渡した。

「邪魔が入りましたね。とりあえず、メモを読んでいただけますか。それから、あらためて話をしましょう」

闖入者《ちんにゅうしゃ》のおかげで、岡垣も緊張感が切れたのか「そうですね」とだけ答えた。

三人の若者もこちらに気づいたようだけど、特に睨《にら》みつけてきたり、逆に帰ったりしなかった。若者たちと距離を取りながら、駐車場を出る。

失敗だ——いや、失敗はしていない。未遂ですらない。今日のチャンスが消えただけだ。岡垣に怪しまれたわけでもない。次のチャンスを作ればいいだけだ。

短く声を掛け合って、別れた。

駅に向かって歩く日下部の頭に、あの相談員の顔が浮かんでいた。

*

「おや」

一号室に入るなり、相談員が声を上げた。「あなたでしたか」

「先日は、ありがとうございました」

日下部は頭を下げる。そして勧められた椅子に座った。

「二度目の相談にいらっしゃる方は、今までもいなかったわけではありません。でも、決して多くはありません。この前の面談では、吹っ切れなかったということでしょうか」

俺の説得に文句があるのか、と言いたいわけではなさそうだ。相談員は相変わらず無表情だったけれど、前回よりもこちらに対する興味が感じ取れた。

「そのとおりです」日下部は素直に認めた。「先日は、いいご提案をいただきました。それで納得したつもりだったんですけど、時間が経つにつれて、本当にそれでいいのか、迷ってきたんです。あなたはノンアルコールビールをたとえに出しましたけど、やっぱりアルコール入りの本物が飲みたい。そんなふうにも思えてきたんです」

嘘はついていない。実際に行動を起こしたと言っていないだけで。

「その迷いは、否定されるべきものではありません」相談員は、そう答えた。「行きつ戻りつしながら、自分の進む道を決めていく。それは何も恥ずかしいことではありません。ですから、何度でも来ていただいて大丈夫です」

「ありがとうございます」日下部は礼を言って頭を下げた。本音だった。相談員が、日下部の目を見つめた。

「前回の相談の後、あらためて迷いが生じた。その経緯をお話しいただけますか？」

「はい」真剣な表情を作る。「いただいたご提案は、私が託した金を突破口にして、岡垣を攻撃するというものでした。私はそのアイデアに感心しました。憎しみに目が眩《くら》んでいた私には、到底思いつかなかったものだからです。でも――」

わざとらしさを感じさせないよう注意しながら、一度下を向く。そして顔を上げた。

「岡垣を攻撃する手段があるということは、私が岡垣の弱みを握っているということになりませんか。弱みを握っているのなら、ご提案いただいた裁判以外にも、他にやりようはあるんじゃないかと思ったんです」

相談員が、軽く眉間《みけん》にしわを寄せた。

「恐喝《きょうかつ》ですか？　あなたのメンタルには、そのようなワードは存在しないと思いますが」

「恐喝ではありません」日下部は断言した。「金を脅し取るつもりはありません。私が考えたのは、弱みを握ることによって、相手の行動をある程度コントロールできないかということです」

すでに実践したことを隠したまま、日下部は言った。日下部は先日の電話で、岡垣と二人きりになることに成功している。しかも、岡垣自身の言葉によって。

けれど、結果的には殺せなかった。とはいえ、あの夜が原因で、岡垣が日下部を警戒するようになったかといえば、それも違う。もちろん警戒はしているだろうけれど、それはあくまで弁護士にアプローチすることに関してだ。まさか日下部が自分の命を狙っているとは、思いもつかないだろう。

だから、ここに来た。仕切り直して、岡垣を確実に殺害できるヒントを得るために。

相談員が眉間からしわを消した。

「相手の弱みを恐喝以外で利用する」相談員が復唱する。「何か、具体的な方法を考えられましたか？」

「いや、それが難しくて」日下部は頭を掻いた。「恐喝でもなんでもそうですけど、相手の弱みを利用するためには、相手にこっちが弱みを握っているぞとアピールする必要があります。この点については、この前のアドバイスのようにメールか電話で、岡垣から『自分は弁護士に金を払った』という言質《げんち》を取ってから、弁護士に確認するという手段が使えます。恐喝でなく、単純に『預けた金を返せ』と要求するのが、自然な流れだと思います」

自分が採った方法は、もっとスマートだ。弱みを握ったところでこちらがアピールすることなく、岡垣が勝手に困った立場に立たされたのだから。でも話の展開自体に間違いはない。相談員も何も言わなかった。

「利子は要求しなくていいでしょうか」

相談員が妙な質問をしてきた。茶々を入れる口調ではない。どこまで自分が真剣に考えているかを確認しようとしているのだ。日下部はうなずく。

「はい。元本だけでいいです。利子は要りません。そんなに大金というわけではありませんから、仮に三年間銀行に預けていたとしても、利子なんて駄菓子ひとつ買えるかどうかでしょうし」

「預金ではなく、投資に回したらもっと稼げたのに、というロジックはいかがですか？」

「投資だと、期待されるリターンの金額設定が大変です。低リスク商品なら低リターンで、高リターンを期待するならリスクも上がります。低リターンなら利子と同じですし、高リスク高リターンの投資を持ち出して逸失利益を要求するのは、もはや恐喝でしょう」

こっちだって、曲がりなりにも会社で出世コースに乗っている人間だ。その程度は考えられる。

日下部の答えに満足したのか、相談員が先を促す。

「元本だけという要求は、岡垣が呑みやすいというメリットもあります。現在の岡垣の経済状態がどうなっているかにもよりますが、穏便に終わらせたいと考えやすくなります」

「そのとおりですね。岡垣さんが返金を承諾したとしましょう。普通なら、口座番号を教えて、いついつまでに振り込むという流れでしょうか。それとも現金で直接手渡しをお考えですか？」

相談員が乗ってきた。日下部は、やっぱり岡垣を殺害したいという体《てい》で二回目の相談に来ている。返金の要求から、どのように殺害につなげるつもりなのかを確認したいのだ。

「口座振り込みなら、円満解決してしまいます。私の目的はできれば岡垣を殺すことで、少なくとも不幸にしなければ意味がありません。現金手渡しという約束をして、直接会う必要があると思っています」

「直接会うことにしたとしても」相談員が難しい顔をした。「返金される金額は、アタッシェケース一杯の札束というわけではないでしょう。封筒ひとつに入る程度でしたら、駅の改札前などで待ち合わせて、封筒を手渡して『申し訳なかった』とひと言謝って終わり。岡垣さんはそれで決着をつけたいはずです。裸の現金を渡すわけではありませんから、周囲に人がいてもかまいません。つまり、直接会ったところで、岡垣さんを殺害できる状況は生まれないでしょう」

「そのとおりです。金を返してもらうときには、周囲に人がいないところで会う必要があります。そのためには『会ったときに、先生が亡くなったことに対する恨み言を言う気満々』という姿勢で交渉すればいいのです。それならば、いくら周囲に知り合いがいなくても、他人に自分の旧悪を聞かれるのを避けたいと思うでしょう。殴り合いになったら自分が勝つんだから、他人に話を聞かれないところで会おうということになると思います」

「いいアイデアですね」相談員が褒《ほ》めてくれた。けれど表情は冴えない。「たった今あなたは、殴り合いになったら岡垣さんが勝つとおっしゃいました。直接会って現金の受け渡しをするということは、面と向かって話をするということです。肉体的な強弱以前に、襲いかかって相手を倒すには不向きな状況といえます」

そうなのだ。今日の目的はここからだ。今までだらだらと無益な話をしたのは、岡垣と再び直接会ったときにどう殺すかのヒントを得るためなのだ。

「前回の面談ではっきりさせた、岡垣の日常生活で襲う機会はないという問題については、クリアできました。でもおっしゃるように、それですべて解決するかどうかは別の話です。近くにいる人に取り押さえられるとか、通報されるリスクがなくなるだけです。現実的に岡垣を殺せるかという、より深刻な問題はそのままです」

書類を渡すことで両手を使わせつつ、意識をそちらに向けた隙を狙って攻撃する。いい方法だと思ったけれど、もう使ってしまった。同じ方法を使おうにも、書類を五月雨《さみだれ》式に渡すと不自然に思われる。二回目だから、意識もそれほど書類に向かないだろう。同じ手は使えないと考えた方がいい。

「人目のないところで、二人きりで会う。それでは、背後から襲うのは無理ですね」

相談員が言った。日下部はうなずく。相談員もうなずき返して、話を続けた。

「金属バットとか木刀とかを持っていたら、それだけで警戒されますね」

「当然ですね」

「前回のお話ですと、銃は入手できないし、弓矢は入手できたとしてもうまく使えない」

「至近距離で向かい合ってるわけですから、飛び道具を使う意味はありません。構えている間に逃げられます」

「火炎放射器や爆発物も現実的ではない」

「火炎放射器も構えている間に逃げられますし、爆弾だと私も巻き添えです。自爆テロをしたいわけではないので」

「毒物も入手できないし、使う方法がない」

「そのとおりですし、使った瞬間に相手が即死する毒なんて、聞いたことがありません」

応対していて、少しイライラしてきた。まるっきり前回のおさらいだ。自分が知りたいのは、この状況で岡垣を殺害する方法だ。できない理由ではない。

けれど相談員は、単なるリピートで話を終わらせるつもりはないようだった。やや意図的に見える動作で、腕を組んだ。

「となると、やはり接近戦を仕掛けるしかありませんね。やりたいことはルール無用の犯罪です。ボクシングの試合をするわけではありません」

相談員はほんの一瞬宙を睨んで、すぐに顔の位置を戻した。

「たとえばですが、岡垣さんではなく、他のものを攻撃するというのはいかがでしょうか。岡垣さんが現金の入った封筒を差し出したら、その封筒を受け取るのではなく、たたき落とすのです。岡垣さんは驚くと同時に、落とされた封筒に意識を向けるでしょう。つまり、あなたから視線を外して、下を向くことになります。そのときを狙って、隠し持った鈍器で頭を殴るのです。頭部に強い衝撃が加われば、人は動けなくなります。そうなってから、しっかりとどめを刺せばいいのです」

「………」

日下部は声を出せなかった。いきなり与えられた課題に対して、すぐさま解決策を見つけだす相談員の頭脳に感嘆したからだ。

「……確かにいいアイデアです。その鈍器とは、どんなものがいいんでしょうか」

「硬くて、ある程度重さがあるものがいいですね。硬いものは、それほど重さがなくても当たれば痛みを与えられます。それが重ければ重いほどダメージは大きくなります。でも、重すぎると扱いにくいので、あなたの腕力で自由に振り回せるくらいのものがいいです。一例ですが、書道で使う文鎮《ぶんちん》なんかは向いているかもしれません」

即答だ。答えがあまりにも早く来たから、すぐに対応できない。

「で、でも、私は文鎮を持っていません」

頭の悪そうな反論をしてしまった。けれど相談員は、バカにしたような表情を浮かべなかった。

「買えばいいんです。警察が岡垣さんの死体を検分したときに、頭に鈍器で殴られた痕跡を見つけるでしょう。けれど現場に文鎮が落ちていなければ、何が凶器かは断定できません。さっさと処分してしまえば、凶器からあなたにたどり着く可能性は低いでしょう。念のため、買うときにはクレジットカードでなく現金払いにすれば、さらに安心です」

「なるほど」

相づちを打ちながら、頭の中で相談員のアイデアを検討する。

現実的には、岡垣は現金を持ってくるわけではない。弁護士に会う前の事前相談ということになっている。そこで岡垣はなんとかして、日下部が弁護士に会うのを止めようとするだろう。しかし何かを日下部に手渡すことによって止めるというのは、想像しづらい。手渡す物がなければ、たたき落とすこともできない。

　では、こちらから出せばどうか。書類という手段はもう使えないにしても、別の何かを取り出して、岡垣に見せる。それを落とせばどうか。うっかりを装うか。いや、明確な意志を持って落とす方がいいかもしれない。例えば、英会話教室のＩＤカード。抽斗《ひきだし》を引っかき回せば出てくるだろう。それを「こんなものを見つけましたよ」とか言って、岡垣の前で取り出す。それから「英会話教室も雇っていた先生を護ってくれなかった」とか言いながら、地面に叩きつける。突然の行動に、岡垣は驚くだろう。意識は地面のＩＤカードに向く。そこで相談員が言ったように文鎮で殴るのだ。

　どうだろう。この方法でうまくいくだろうか。現金に比べると、リスクは高いかもしれない。現金は岡垣にとっても重要なものだから、意識が向くのは確実だ。けれどＩＤカードはそうではない。むしろ、ＩＤカードを地面に叩きつけた日下部自身に意識が向く危険もある。ダメだ。たぶん失敗する。

　いや待て。それなら、計画自体を軌道修正すればいいじゃないか。現段階では、弁護士に会う手前で止まっている。だから岡垣も現金を用意しない。岡垣と再び会う前に、先に弁護士と会ってしまえばいい。すでに、岡垣が弁護士に金を渡したという言質は取れている。岡垣と再び打ち合わせの日程調整するのを待たず、単独で弁護士と会えば、そのまま相談員が出してくれたアイデアにつなげられる。実行までの手間は増えるけれど、岡垣の行動をコントロールするという意味では、かなり有効だ。いいぞ。十分に使えるじゃないか。

　そう考えかけて、妙なことに気がついた。封筒をたたき落とすというアイデアは、実践を考えた場合、かなり有効と思われる。では、日下部がそれを真に受けて、実行に移してしまったらどうなる？

成功したら殺人事件が起こってしまうし、失敗したら相談者を救えなかったことになる。どちらに転んでも、ＮＰＯ法人にとっては都合が悪いのではないか。加えて、自分が逮捕された後で、犯行方法を相談員から伝授されたなどと証言したら、相談員も困った立場に立たされるだろう。それなのに、なぜ具体的な殺害方法を示唆《しさ》する？

不思議に思っていたら、相談員が日下部の目を覗きこんだ。

「ところで、お金はどうなさいますか？」

「えっ？」

質問の意味がわからなかった。相談員は続ける。

「岡垣さんが持ってきた現金のことです。その場に放置しますか？　それとも持ち帰りますか？」

「え、えっと……」

すぐには答えられなかった。まったく考えていなかったことだからだ。

最初から言っているように、自分が岡垣を殺害したいのは怨恨からだ。金欲しさではない。だからその場に放置してもいいといえばいい。けれど捨てて惜しくないほどの少額ではないし、元元は自分の金だったのだから、持ち帰るのが当然のようにも思える。

日下部が答えられずにいると、相談員は話を続けた。

「岡垣さんに、あなたに返せるだけの貯金があるという前提ですが、現金を金庫にしまってあるわけではないでしょう。銀行預金を引き出す可能性が高いと思われます。すると、出金の記録が残ります。警察は、被害者の金の動きを必ず調べます。普通の生活費を超える金額が引き出されていたら、警察は注目するでしょう」

「………」

　言われるまで気づかなかった。確かに、そのとおりだ。

「銀行から引き出された現金が、現場に放置されていた場合、警察は金目当てではなく怨恨による犯罪と判断します。岡垣さんの過去のトラブルを追っていって、英会話教室の先生を助けるために弁護士と接触した事実をつかんでしまうことは、十分に考えられます。弁護士に話を聞いたら、同じ案件で、最近になってあなたと面談したと証言します。そうしたら、警察はあなたを容疑者として捜査します。警察はピンポイントの証拠を見つけだすのが得意な組織です。動機の面からはたどり着けなくても、ほんの小さな物的証拠からあなたを逮捕して、後は自供させるだけです」

　息を呑んだ。相談員の説明は、殺害方法を聞いたときと同じ説得力があったからだ。

　相談員はさらに続ける。

「では、現金をあなたが持ち去った場合はどうでしょう。岡垣さんが紙幣のナンバーを控えでもしなければ、岡垣さんが銀行から引き出したお金をあなたが持っていることは、誰にもわかりません。現金払いしているかぎりにおいては、それが使われたとしてもわかりません。紙幣のすべてに岡垣さんの指紋がついているわけではありませんし、警察が市中すべての紙幣を調べるわけでもありません。岡垣さんの出金記録とあなたを結びつけることはできません」

　じゃあ、持ち去るのが正解じゃないか。そう答えようとしたら、相談員の話には続きがあった。

「ただ、その場合だと、奥様が気づくでしょうね。ご家庭のお金の使い方がどうなっているか存じませんが、同じ会社での共働きということですから、あなたの給料も把握しておられます。渡した小遣い以上の金遣いがあったら、たとえ奥様が見ていないところだったとしても、奥様にはわかります」

　相談員の指摘どおりだ。会社では社員食堂を使うし、そう頻繁に飲みに行くわけでもない。休日に別行動を取ることはあまりないから、金を払うシーンではたいてい妻が一緒にいる。高額なものを買ったら、すぐにわかってしまうだろうし。

「使っていない現金をどうするかという問題もあります。家の中のどこかにしまっていたら、奥様に見つかる可能性は高いでしょう。かといって銀行に預金したら、通帳を見た奥様が、不審な入金があったことに気づいて大騒ぎになります。こっそり新しい口座を作るという手もありますが、先ほど申し上げたように、その時点で警察は、岡垣さんの口座からまとまった金額が引き出されていることをつかんでいます。弁護士ルートであなたが捜査線上に浮かび上がった場合、警察はあなた名義の口座が事件前後に開設されたことを調べ上げるでしょう。しかも近い金額が入金されています。それが明らかになった時点で、事件とあなたを結ぶ線は太くなります。あなたに対する徹底的な捜査が行われ、あなたは逮捕されます」

「……それは」ようやく口を開くことができた。「はじめから考えておられたんですか？」

「はい」相談員は素っ気なく肯定した。「私の役割は、あなたを破滅に向かわせないことです。私が申し上げたような手段は、すぐにあなたも思いつくでしょう。実行する前に止めなければなりませんから」

　そうか。一見実行できそうだけど、本当に実行したら破滅する計画。落とし穴にはまりやすいのは、そんなパターンだ。相談員は日下部が前回の面談で納得できなかったことを知って、あえてそんな計画を見せて、そのうえで否定してみせた。そうすることによって、日下部が殺人を完全にあきらめるように。ただ、泣き寝入りするのも嫌だろうから公明正大に訴えればいい。前回提示した方法によって。

相談員の立場では、そうだろう。では、相談員のアドバイスに従うのか。けれど自分は、一度殺人を実行できる光明を見てしまった。それなのに、またあきらめなければならないのか。

確かに、裁判沙汰にすることによって、岡垣の会社での信用は地に落ちる。閑職に回されるか、それとなく退職を勧告されるか。なんといっても他人の金を着服したのだ。刑法に違反していると判断されたら懲戒解雇だろうし、民事裁判で負けたらやはり会社にはいられないだろう。それでよしとするのか。その程度の成功で妥協しなければならないのか。

リンジー・ヒースの笑顔が頭に浮かぶ。希望に満ちて日本にやってきたのに、最も不幸な形で死んでしまった英会話講師。もちろん岡垣が彼女を殺したわけではない。それでも奴が動いていたら、こんなことにはならなかったのだ。弁護士だってカウンセラーだって、金をもらった以上、それなりの成果を出すだろう。けれど岡垣が資金を着服したせいで、それもできなかったのだ。

考えれば考えるほど、岡垣を許せなくなる。けれどそれは、自分と妻の人生を破滅させてまで行う行為ではない。それは間違いない。実行するとすれば、確実に岡垣を殺害でき、しかも自分が逮捕されない方法が見つかったときだ。でも、そんな方法はない。相談員は、そう言っているのだ。

やはり、あきらめるしかない。せこい訴訟を起こして岡垣に一時的なダメージを与えるのが、今の自分にできることだ。副産物として出資した金は戻るだろうが、それだって元々は自分の金だ。まあ、戻るはずのなかった金だから、臨時収入といえなくはない。成果として受け止めていいだろう。何もしなければ、岡垣は幸せなままだし、自分も損をしたままなのだ。金はともかくとして、岡垣はなんとかしてやりたい。

――あれ？

何かが頭を駆け抜けようとした。完全に通り過ぎる前に、日下部はそれを捕まえた。

金はともかくとして、岡垣はなんとかしてやりたい。

そうだ。こんな簡単な解決方法があった。

「わかりました」

日下部は言った。「警察に逮捕されるのは嫌ですが、それ以上に妻に疑われて、それがきっかけで逮捕されるのは、もっと嫌です。諸々考えると、やはり前回の結論が正しいとわかりました」

「おわかりいただけましたか」相談員の声が、わずかながら明るくなった。「犯罪は、犯行時に成功すれば終わりというわけではありません。いつ警察がやってくるか、いつ逮捕されるか、ずっとビクビクし続けなければならないのです。それはあなたご自身だけでなく、奥様も不幸にするでしょう。あなたは、今のご家庭を護ることを最優先させてください」

まったくの正論だ。決意と覚悟のない者に対しては。

「そうすることにします」日下部は立ち上がった。「二度も相談に乗っていただき、ありがとうございました。たぶん、もう来ることはないでしょう」

「それならいいですが」相談員はなおも言った。「もし迷ったら、何度でもかまいません。いらしてください」

＊

ずぶりとナイフが刺さる感覚があった。岡垣の右脇腹。肝臓のあるあたりだ。こじりながら引き抜く。すぐに手を引っ込めた。次の瞬間、大量の血液が傷口から流れ出した。岡垣の身体が何度か痙攣《けいれん》して、動かなくなった。

やった！

歓喜が脳天を突き上げる。自分は岡垣を成敗したのだ。

二度目の相談が有効だった。相談員が教えてくれた、金の入った封筒をたたき落とす作戦。書道用の文鎮で殴り、ナイフでとどめを刺すという段取りは、自分でも驚くほどうまくいった。そのおかげで、岡垣はこうして骸《むくろ》となっている。

――お金はどうするんですか？

この場に相談員がいたら、そう訊いてくるだろう。放置すれば怨恨ルートで網に引っかかるし、受け取ったら金の流れで尻尾をつかまれると。

答えは出ている。こうするのだ。

日下部は地面に落ちた封筒を拾い上げた。幸いにも、岡垣の血液は付着していない。通勤鞄に入れた。周囲を見回す。誰も見ていない。そっとこの場を離れた。

駅に向かう。駅ビルのトイレに入った。個室が空いていたから、中に入る。

封筒から現金を取り出す。すべて紙幣だ。日下部は、束になった一万円札を、一枚一枚細かくちぎった。ちぎった紙片は、便器に入れる。細かくしないと便器が詰まってしまうから、作業は丁寧に行った。

すべての紙幣と封筒を便器に入れたら、あらためて個室の中をよく見て、紙片が落ちていないかを確認する。よし、大丈夫だ。レバーをひねって水を流した。金はすべて流れていった。

その場に放置してもダメ、持ち帰ってもダメ。それならば、この世から消してしまえばいい。

それが日下部の結論だった。

そもそも、弁護士に入金確認などしていない。でも弁護士に確認を取ったと岡垣には言った。奴は弁護士に金を渡していないのだから、岡垣が弁護士にあらためて確認することは心配しなくていい。だから警察が弁護士のルートから日下部にたどり着くことはできない。

岡垣が銀行から引き出した金を持ち帰らない以上、自分がおかしな金の使い方をすることはないし、口座に妙な入金記録が残ることもない。新しい口座など作る必要もない。こちらからも、警察が日下部にアプローチすることはできないし、ましてや妻に疑われることなどない。

完璧だ。

個室から出て手を洗いながら、日下部は考える。相談員に明言したように、今回の計画はリンジー・ヒースの復讐などではない。けれど彼女もまた、日下部の犯行を喜んでくれるのではないか。そう考えると、気分が高揚するのを抑えられない。

今日は、妻は出張で不在だ。人事部で社員教育を担当していて、古巣である広島工場の研修に同行しているのだ。家に帰っても自分一人だ。

一人で祝杯を挙げよう。

＊

「そういえば」

妻が箸《はし》の動きを止めて言った。日下部は顔を上げる。「何？」

「来週の金曜日なんだけど、歓迎会があるんだ。ほら、この前定年退職した人の送別会をやったでしょ？　その人の後任がようやく来てくれてね。その歓迎会」

「そうなんだ。よかった」妻が在籍しているとはいえ、他の部署にあまり興味はない。だから、ちょっと熱のない反応になったかもしれない。

ところが妻の表情が変化した。日下部の目を覗きこんで、驚いたような安心したような、妙な顔になった。

「喜ばないんだね」

言っている意味がわからない。ちょっと考えて、思い当たった。人員の補充があったから、妻の負担が減ったことを喜ばないのか、と不満を覚えたのだろう。

「そりゃ、お前の仕事が楽になったのなら、嬉しいけどね」

フォローしたつもりだったけれど、妻の表情は変わらなかった。「そうじゃなくて」

「そうじゃなくて？」

妻が困った顔をした。

「あなたってば最近、わたしがいなかったり帰りが遅くなったりしたら、嬉しそうな顔をしたでしょ。だから浮気とかしてるのかと思ったよ」

「そんなわけはない」

即答した。事実だからだ。

と同時に、どうして妻がそのようなことを思ったのかも理解していた。岡垣を殺害する準備や実行に必要な時間を、妻がいないときに確保していた。だから妻が出張したり帰りが遅くなったりすると聞いて、その時間が取れることに安堵していた。それが顔に出てしまったのかもしれない。

「そんな顔してた？　全然そんなことないよ。不安にさせちゃったのなら、申し訳なかった」

妻はわざとらしく睨みつけてきた。「本当に？」

「本当に」

自信満々に答える。事実、リンジー・ヒースの死を知ってからは、浮気するどころではなかったのだ。

「よかった。でも、ごめん」妻の顔が申し訳なさそうに変化した。「けっこう、本気で浮気を疑ったんだ。だから、興信所にお願いして調べてもらったの」

周囲の気温が下がった気がした。「――それはひどいな」

「でも、とんだ濡《ぬ》れ衣《ぎぬ》だったみたいだね。本当、ごめん」

箸を持ったまま、妻が両手を合わせた。

「興信所の探偵さんからは、明日報告を受けることになってるんだけど、まったくの無駄だったね。余計なお金を使ってごめん。費用は私の貯金の方から出すから、それで勘弁して」

日下部は返事ができなかった。

今日現在、警察は自分のところに来ていない。ということは、探偵が現場を目撃していたとしても、通報していないということになる。依頼人である妻にまず報告して、許可をもらってから証言するつもりなのか――。

妻の声が次第に遠くなっていった。代わって聞こえてきたのは、相談員の言葉だった。

――奥様が気づくでしょうね。

そのとおりだった。

Case 5

完璧な計画

わたしは栄佳央里《さかえかおり》を殺せると思う。

それだけの計画は、練ってきた。

＊

「こちらです」

女性事務員がドアを指し示した。

長い廊下の、最奥《さいおう》にあるドア。『1』というプレートが貼られている。その先には、行き止まりの壁があるだけだ。ここが一号室ということなのだろう。

女性事務員が続ける。

「中に相談員がおりますので、インターホンを押してお入りください。特に時間制限は設けておりませんので、納得いくまでお話しください」

「ありがとうございます」

目黒恵利《めぐろえり》は機械的に礼を言った。

「お帰りの際には、事務室にお声掛けください」

そう言って、女性事務員が廊下を戻っていく。彼女の姿が事務室に消えたところで、あらためてドアに向き直った。

よし、今からだ。自分は、自分の正しさを検証するために、ここに来た。

気合いを入れ直して、インターホンのボタンを押した。

スピーカーから『どうぞ』という返事が聞こえた。恵利はドアノブをひねって、重量感のあるドアを開けた。

狭い部屋だった。ベージュ色のカーペットにクリーム色の壁紙。窓には薄緑色のカーテンがかかっている。その温かみのある色合いから、一軒家の子供部屋を想像させた。

部屋の中央には、小振りなテーブルが置かれていた。椅子《いす》は二脚。正対しているのではなく、九十度の角度になるよう置かれている。その片方、窓を背にした方に、細身の男性が座っていた。身体に見合った細めの顔に、細いフレームの眼鏡をかけていた。服装は白いワイシャツにグレーのパンツ、そして紺色のジャケット。ネクタイはやはり紺色だ。子供部屋みたいなこんな場所ではなく、会計事務所のオフィスの方が似合う外見だった。

しかも、年齢の見当がつかない。三十代半ばから四十代後半の、いくつだと言われても納得しそうな気がした。ますます、部屋の雰囲気に合わない。

男性は、空《あ》いている方の椅子を指し示した。「どうぞ、おかけください」

恵利は会釈してから、椅子に座った。トートバッグは横の床に置く。九十度の角度だから、お互いが正面を向いていると、視線は合わない。正面から見つめられて話すような相談内容ではない。話しやすいようにとの配慮から、この配置になっているのだろうか。だとしたら、ありがたい話だ。

お互いが微妙に顔の向きを変えて向き合った。しかし、目は見ない。職場で上司に報告するときのように、ネクタイの結び目辺りに視線を合わせた。

「飲み物は持ってこられましたか?」

男性が言った。

「あ、はい」

恵利はトートバッグに意識を向けた。電話で相談の予約をした際、応対してくれた担当者が言っていた。話をしていると喉が渇《かわ》くだろうから、飲み物を持参するといいと。恵利はアドバイスに従って、ペットボトルの無糖紅茶をトートバッグに入れてきた。この展開だと、取り出した方がいいだろうか。男性の前には、いかなる飲み物も用意されていない。少しためらった後、トートバッグに手を突っ込んでペットボトルを取り出した。テーブルに置く。

「いつでもお飲みください」

「ありがとうございます」

確かに、話していると喉が渇くだろう。それだけ緊張を強いる相談だからだ。

犯罪者予備軍たちの駆け込み寺。このNPO法人は、そう呼ばれている。

人間というのは、自覚しているよりも良識的なようだ。かっとなって衝動的に手を出してしまったり、今日食べるものを買う金がなくてやむにやまれず盗んだりといった状況でもないかぎり、罪を犯すことを一度はためらう。本当にやってしまっていいのかと。そんな葛藤《かっとう》を抱えた人間が相談に訪れる場所がある。それがここだ。

恵利も考えた結果、相談窓口に電話をかけた。そしてこうして男性と向き合っている。この部屋にいる以上、男性は会社員などではない。犯罪者予備軍の相談に乗る、プロの相談員なのだ。

「ドアに『1』というプレートが貼ってあったと思います」

相談員が口を開いた。「一号室という意味です。一号室は、人を殺《あや》めようとする人が入る部屋です」

相談員は一度言葉を切り、静かに続けた。「あなたもまた、どなたかを殺めようとしておられる」

「はい」

恵利は即答した。予約の電話ではそう話した。連絡ミスで間違った部屋に案内されたら、たまったものではない。

相談員は部屋を見回した。

「この部屋は、しっかりとした防音がなされています。録画も録音もしていません。ですから、この部屋で話されたことが外に漏れることはありません」

相談員は、また恵利に視線を戻した。

「予約する際に、お名前を訊かれなかったと思います。ですから、私が警察に通報することもできません。安心して、思うところをお話しください」

「ありがとうございます」

礼というより、挨拶《あいさつ》に近い言葉だ。いや、号砲というべきか。

恵利のニュアンスを感じ取ったのだろうか。相談員が小さくうなずいた。

「まず、最も基本的なところから伺います。あなたは、どなたを殺したいと思っているのですか？」

問われて、栄佳央里の顔を思い浮かべた。華奢《きゃしゃ》で、はかなげな印象すらある女性を。

「友人です」恵利は答えた。「大学時代からの。今は別々の会社に勤めていますが、交流は続いています」

「ご友人」相談員が繰り返した。「男性ですか？　女性ですか？」

「女性です」質問に答えたけれど、情報としては不足している。恵利は言葉を足した。「殺したい相手が恋人なのかを確認する質問でしょうか。でしたら、答えはイエスです。わたしと彼女は、恋愛関係にあります」

　世間には、同性愛者に対して眉をひそめる輩《やから》が、まだまだ多い。しかし目の前の相談員は、そうではないようだ。否定的な反応は一切なかった。無表情で「そうですか」と言っただけだ。少し安心した。偏見を持った相手に相談などしたくはない。

「恋愛関係にあるということは、今現在も交際されているということですね。そのような相手を、殺害しようとしておられる。なぜでしょうか」

　動機を問われることは予想していた。回答も準備してある。恵利は昨晩考えた説明の順番を思い返した。

「お答えするためには、わたし自身のこと、それから彼女との関係を説明する必要があります。自分が同性愛者だと自覚したのは、中学生の頃でした。友だちのように、男子に対する恋愛話に共感することができず、同性の友人にときめいていました。高校でＬＧＢＴに関する授業があって、ようやく自分の気持ちが何と呼ばれるものなのか、理解できました。授業でも別におかしなことではないと言っていましたが、確かに自分が異常とは思いませんでした。逆に、幼くてうるさくて汚くて臭い男子をどうして好きになれるのか、友人たちが不思議でした。むしろ、女の子を好きになることこそが自然だと思いました。だって、女の子は可愛いものが好きで、女の子は可愛いですから」

「授業でも先生がおっしゃったかもしれませんが」相談員が口を開いた。「いわゆるＬＧＢＴの方は、十人に一人くらいの割合でおられると聞いたことがあります。学校に当てはめると、ひとクラスに三人か四人くらいの勘定になります。それほど少数派と意識する必要はないかもしれませんね」

「はい」授業ではそのとおりのことを言っていた。「でも、少なくともわたしの学校にはいなかったようです。わたし自身がそうだったように、うまく隠していたのかもしれませんが。仲間もいない状態で、狭い田舎では、公《おおやけ》にすることはできません。高校生くらいだと、別に彼氏がいなくても不思議はありませんから、単にモテない女として高校時代を過ごして、大学進学を機に上京しました。彼女もやはり地方出身で、上京組でした」

自分も彼女も同性愛者だと周囲に知られるのが嫌で、地元を飛び出した。東京は先進的で、周囲の目を気にする必要はなくなると、なんとなく思っていたからだ——恵利はそう付け足した。

「彼女とは同じ学部学科に入学して、すぐに仲良くなりました。もちろん他の同級生とも仲良くなりましたが、彼女は別でした。彼女もわたしと同様、同性愛者だったからです」

入学当時のことを思い出す。多くの学生の中で、彼女だけが違う色彩をまとっていた。そう、自分と同じだと、ひと目でわかったのだ。

相談員のまなざしが、ほんの少しだけ優しいものに変わった。気のせいかもしれないけれど、意識して作った表情に感じられた。「きちんと話を聞いています」というアピールなのだろうか。そうだとしたら、ありがたい。無表情かつ無言のままだと、話していて辛くなる。

「あなたにとっても彼女にとっても、運命の出会いと感じられた。そういうことなのでしょうね」

あまり意味のない感想だ。おそらく作った表情と同じく、スムーズに話を進めるための合いの手なのだろう。相談しに来た奴に一人でずっと話させていたら、次第に興奮していって、話がどこに転がっていくかわからない。本来の目的である殺人相談から外れないよう、コントロールしようというのだろう。

恵利は一度うなずき、続いて首を振った。

「もちろん、同性愛者だからといって、女性なら誰でもいいわけではありません。それは男女間と同じです。相手も同性愛者とわかってハードルが低くなったことは否定しませんが、わたしは彼女の人間性を好きになったのです。幸い彼女も同様だったらしく、大学入学からそれほど時間をかけずに、わたしたちは交際を始めました。わたしの地元は海の近くで、釣りを趣味にしていました。彼女にも釣りを教えたら、気に入ってくれたらしく、よく一緒に海釣りにも行きました。けれど残念ながら、東京でも開けっぴろげにつき合うことはできませんでした。東京なんて、しょせんは地方人の集まりですからね。彼女とは、周囲からは普通の親友に見られるよう、注意してつき合っていました」

「確かに、男性と違って、女性は身体を寄せ合っていても、不思議に思われませんね。釣りだって、女性の趣味として今どき珍しくもないでしょうし」

こちらの言いたいことを外さない、的確なコメントだ。

「そうです。外では、やっていることは他の友人たちと変わりませんでした。ですから周囲に勘づかれることもありませんでした。そうやって大学四年間を恋人として過ごし、二人とも就職しました。どちらも都内の会社でしたから、離ればなれになることもなく、関係を続けていました。東京は、同性でも婚姻《こんいん》関係と同様の待遇を受けられる制度があります。ですから、このまま事実婚状態で、ずっと一緒にいられたらいい。そう思っていました。でも、それが変わりました。彼女が、お見合いをしたのです」

膝に置いた手を握りしめる。

「彼女の両親は、娘に地元に戻ってきてもらいたかったようです。娘が同性愛者だと知りませんから、東京でどこの馬の骨ともわからない男と結婚されるよりも、地元の男性と結婚してくれたらと思っていたところに、縁談が舞い込みました。父親の職場関係から、男性を紹介されたのです。渡りに船ということで、両親は娘に一度戻ってこいと言いました」

相談員の表情がわずかに曇《くも》った。

「それはお困りだったでしょうね。お見合いは男性からは断りづらいとよく言われますが、女性からなら断りやすいかといえば、そんなことはないでしょうから」

よくわかっている人だ。

「そうなんです。しかも恩義のある人からの紹介だったらしく、お見合い自体を断りづらいという事情もあったようです。彼女はほとほと困り果てた、という顔で帰省しました。けれど、実際に相手と会ってみて、状況が変わりました」

殺意を口にするよりも話したくないことだ。恵利はペットボトルを開栓して、紅茶をひと口飲んだ。息をついて、話を再開する。

「相手の男性は、地元出身の市役所職員でした。特段ハンサムというわけではないけれど、平家の落武者のように怖い顔をしているわけでもない、平凡な顔だちだったそうです。三十歳でしたが、その歳で独身というのは珍しくありません。彼女とは五歳違いになりますが、それくらいの夫婦はざらにいます。ギャンブルにはまっているとか女性関係が派手とかいうわけでもなく、独身主義者というわけでもない。ただなんとなく三十歳まで独身だっただけ。そんな人だということでした」

「それはつまり、突出した長所がない一方、欠点らしい欠点もない——そんな人だったわけですね」

表情の乏《とぼ》しい顔で言われると気づきにくいけれど、厳しいことを言う人だ。いや、恵利がそう言いたかったと察したのかもしれない。

相談員の指摘どおりだ。お見合いから戻ってきたときも、佳央里は困った顔をしていた。ただ、困り方が違っていた。

「なんとか断りたい。彼女はそう話していました。けれど親を説得する材料がありません。東京に恋人をでっち上げたとしたら『じゃあ、そいつを連れてこい』という話になるのは確実です。とはいえ正直にわたしという恋人がいることを説明したら、同性愛に理解のない両親は激怒して、無理やりにでも故郷に連れて帰るでしょう。現在の恋愛を理由にすることはできません。今の仕事が充実しているから続けたいという説明も、あまり説得力がありません。というのも、以前帰省した際に、会社の仕事が大変だとぼやいたことがあるからです。わたしも一緒になって断る理由を考えていたら、風向きが変わったのを感じたのです」

恵利は言葉を切って、口を閉じた。あのとき抱いた違和感は、今でも棘《とげ》となって心の奥に刺さっている。その傷がうずいたからだ。

恵利が心の痛みを感じたことを察したのか、相談員が口を開いた。

「女性の側に断る理由がないのなら、相手の欠点をあげつらうしかありませんね。あなた方は、お見合い相手の欠点を探しましたか?」

「はい」具体例に水を向けられて、安心する。事実ベースであれば、口にしやすい。「お見合いで得た情報から、断る理由を見つけようとしました」

「お相手は市役所勤務ということでしたね。つまり地方公務員です。ここに、断る理由は見つかったでしょうか」

恵利は首を振る。

「東京と比べて、地方では給料の安い会社が多いので、地方公務員は年収の面で恵まれています。役所が倒産するはずもありませんから、雇用は安定しています。市の職員ですから、異動があったとしても市内。引越の必要がありません。相手の仕事を考えると、受ける理由にはなっても、断る理由にはなりません」

「家庭の面ではいかがでしょうか」相談員はそんなことを言いだした。「相手の男性自身がお見合いを望んだのかどうかはわかりませんが、必要に迫られて結婚するという状況はあり得ます」

何が言いたいのかは察しがついた。佳央里と二人で話した内容でもあったからだ。

「家庭面では、一人っ子で、母親は大学生の頃に、父親は三年前に病気で亡くなっているそうです。ひどいことを言えば、舅《しゅうと》姑《しゅうとめ》や小姑《こじゅうと》とのつき合いがなく、将来の介護も心配する必要がありません。少なくとも、年老いた両親の介護をさせるために結婚しようとしたわけではなさそうでした」

相談員は腕組みした。

「それでは、経済面ですか。先ほどギャンブルにはまっているわけではないとおっしゃいましたが、借金を抱えているとか、そういうことはないのでしょうか」

なんだか、ただの身の上相談みたいになってきた。

「さすがに、お見合いの席で、自分の預金残高をアピールする人間はいません。ですから彼女も相手の懐具合《ふところぐあい》を正確に知っているわけではありませんが、お見合いを仲介してくれた人——男性の上司だそうです——が、無駄遣いすることもなく堅実な生活をしていると言っていたそうです。控えめな言い方が、かえってかなりの貯金があることを想像させます。そもそも借金まみれの人間を紹介するはずがありませんし。さらに言えば、両親の残した一軒家に一人で住んでいるので、ちょっと古いことを気にしなければ、家賃も発生しません。経済面から断るのは無理だという結論に達しました」

「そこまでいくと」相談員も困ったような顔になった。「本当に、断れませんね」

「そうなんです」自分もまた困った顔になったことを自覚しながら、恵利は答えた。

「考えれば考えるほど、断る理由がなくなっていきました。彼女が男性も愛せる人間だったら、断るどころか積極的に薦《すす》めるべき縁談でした。でも現実は、彼女は女性しか愛せません」

断りたいのに断れないというのは、かなり辛い状況だ。目の前の相談員は、恵利たちの苦境を正確に理解しているようだった。恵利はなおも続ける。

「一緒に暮らす相手を決めるわけですから、数回会ってみて、どうしても性格的に合いそうにない、という理由で断れるかもしれません。でも現実的には難しいです。恩義のある人からの紹介ですから、相手の人格を否定するような断り方ができないんです。しかも自分が同性愛者であることを隠しながら断ろうとするから、余計に難しくなります。性格が合う、合わないという話になったら、どこが合わないんだと根掘り葉掘り訊かれることでしょう。内面を深く語っていたら、同性愛者だとばれてしまう危険があります。どうしようかと迷っていたら、彼女が発想の転換をしたのです。自分はあなた——わたしのことです——しか愛せない。でも、愛のない結婚ならできる、と」

相談員は瞬《まばた》きした。

「つまり、縁談を受けることにしたと」

「……はい」

間を置いてから、恵利は答えた。

「ＬＧＢＴ擁護《ようご》の声が大きくなってきた時代ですけど、やっぱり世間の偏見は強いんです。わたしたちは、同性愛者であることを隠しながら生きていかなければなりません。わたしは、それでも自分に正直に生きたいと思って、そのとおりに生きてきました。でも彼女は、そうではありませんでした。自分が同性愛者なのは仕方ない。でも、世間と折り合いをつけて生きていくためには、いつかは卒業しなければならないと思っていたようでした。自分に正直に生きられるのは、いわばモラトリアム期間。いずれは世間に迎合しなければならないと」

「モラトリアム期間」相談員の視線がいたわりを持ったものになった。「望外にあなたというパートナーを得たことによって、想像していた以上に長いモラトリアム期間を得たわけですね」

「そういうことです」相談員の言葉に配慮を感じながら、恵利は肯定した。「モラトリアム期間とは、いわば温室にいるようなものです。彼女は大学に入って、温室を見つけました。中にはわたしがいて、二人で夢を見ていた。そんな感じだったのでしょう。けれどお見合いという現実を突きつけられて、いつかは温室を出て、寒風の吹く外に出ないといけないことを思い出したのだと思います」

「でも、温室の外には、出てみてもいいかなと思わせる環境があった。それが、お見合い相手の男性だった。そういうことでしょうか。断る理由を思いつかない縁談。それはつまり、温室の外は別に寒風が吹いてはいなかったというわけですから」

恵利は相談員のコメント力に驚いていた。こちらの心情を汲《く》み取って、詩的な表現もできるし、つっけんどんな発言もできる。殺人の相談に来る人間なんて、追い詰められた奴ばかりだろう。そんな連中を相手にするためには、言葉を自由自在に扱えなければ務《つと》まらないのかもしれない。

「おっしゃるとおりです。混乱気味の思考を懸命にまとめながら、彼女はそのようなことを言いました。お見合いは、一度会って即決というわけではありません。多少の交際期間を経て、やっぱり間違いないと確認してから結婚に至るものでしょう。彼女がそのコースを辿《たど》るためには、故郷に戻らなければなりません。東京での仕事を辞めて、わたしとも別れて」

別れてという言葉が、自らの胸をえぐった。けれど恵利は話を続けた。

「東京での生活を整理して故郷に帰るということは、実質的にオーケーしたと同じ意味です。相手もそのように考えるでしょう。恋人の身びいきではありませんが、彼女は顔だちが整っていますし、男性が好みそうな体型をしています。外見だけでなく中身も。態度や話し方にクセのあるタイプでもありません。もちろん借金もありません。相手の方から断ってくる理由も、またないのです。このままだと、遠くない将来に結婚することは確実です」

「そうなる前に、殺してしまおう――そういうことですか？」

いきなり本題に戻った。相談員の顔も、元の無表情に戻っている。恵利もまた、気合いを入れ直した。

「そういうことです」

きちんと答えたのに、相談員は肯定的な反応をしなかった。

「情報が不足しているように感じます」そんなことを言った。「それにしては、あなたは落ち着いておられる。嫉妬《しっと》。痴情《ちじょう》のもつれ。そういった動機で人を殺すのは、主にかっとなったときです。考えて考えて、その挙げ句ここに相談に来るようなことはありません」

相談員は恵利の目を見つめた。「そういった部分もあるとして、交際相手の方の命まで奪おうとする理由が、他にあるのではないですか？」

どきりとした。嫉妬による殺人は、動機として納得できるものだと考えていたからだ。口にしたように、決して嘘ではない。しかしそれだけでは説明しきれないものがあることを、相談員は見抜いた。だったら、答えるしかないだろう。

「見つけたんです」最初のひと言を口にしてから、これでは意味がわからないことに気がついた。一度深呼吸をして、説明を再開した。

「彼女の部屋で、本を見つけたんです。彼女がお風呂に入っているときに、何気なく通勤に使うトートバッグを見たら、本が入っていました。彼女は電車の中ではいつもスマートフォンを見ていて、紙の本を読むことはほとんどありません。珍しいこともあるものだと思って、手に取ったら、法医学の本でした」

相談員の表情は変わらなかったけれど、視線が少し強くなった気がした。話に対する興味が出たのか。

「妙です。彼女が勤めているのは、賃貸住宅を斡旋《あっせん》する会社です。医療系ではありません。普段テレビでミステリドラマを見ることもないので、法医学なんて、最も遠いジャンルです。それなのに、なぜ法医学の本を読んでいるのか。パラパラとめくってみたら、死因や死亡時刻の判定方法などが書かれてありました」

あのときのぞくりとする感覚は、今でも忘れられない。

「そっと本を戻しましたけど、心臓が鳴りっぱなしでした。彼女がなぜ、人が死んだときの情報を調べているのか。考える前に、直感が答えを教えてくれました。彼女は、わたしを殺そうとしているんだと」

ペットボトルを手に取った。紅茶を飲む。

「あり得る話です。彼女は、自分が同性愛者だと知られずに結婚するつもりです。彼女なら、それができるでしょう。でも、すべてを台無しにできる人間がたった一人います。わたしです。わたしが彼女の故郷に乗り込んで、自分と彼女の関係をすべてばらしてしまったら、破談になります」

それまで、彼女の秘密をばらして縁談を台無しにしようなんて、まったく思いつかなかった。法医学の本を見つけてから、ようやくその可能性に気づいたのだ。

「わたしが彼女を不幸にするわけがない。今までの二人だったら、そう信じていられたでしょう。実際、わたしは彼女の選択を認め、別れることに同意しました。でも彼女からすれば、わたしは何の落ち度もないのに、彼女から一方的に別れを告げられたという立場です。わたしが怒って仕返しする心配をしなければなりません。おっしゃったように、温室の外は寒くありませんでした。温室から出るのをあれだけ嫌がっていたのに、今は千載一遇《せんざいいちぐう》のチャンスと考えるようになったんです。チャンスを潰《つぶ》す人間を放ってはおけない。彼女がわたしを殺そうとするのは、当然だと思います」

相談員は一瞬だけ眉間《みけん》にしわを寄せた。

「殺される前に殺せ、ですか。あなたがつかんだ事実は、彼女が法医学の本を持っていたということだけです。百歩譲ってどなたかを殺そうとしていたとしても、それがあなたとも限らない。それでも、存在するかどうかわからない脅威《きょうい》のために殺害するのですか？」

当然の反論だ。だったら、本音を言うしかない。また紅茶を飲んだ。

「本音を申し上げます。彼女がわたしを殺そうとしていることを、疑っていません。でも、それだけが理由ではないんです。先ほど、嫉妬や痴情のもつれという話をされましたけど、むしろそちらの方が動機としては強いかもしれません」

相談員は黙って先を促してきた。

「恋人を他人に奪われるのが嫌。そんな嫉妬はありますが、嫉妬だけかというと、それだけではありません。仮にわたしが男であって、彼女を別の男に奪われるというパターンとは、違うんです」

口にする言葉を選びながら、恵利はゆっくりと話した。

「わたしには、男性経験がありません。彼女と性的な行為をしたことは数え切れないほどありますが、男性とは一度もないのです。ですから、いわゆる処女です」

休日に、佳央里と一日中裸で抱き合っていても、世間的な評価としては、自分は処女だ。それは間違いない。

「わたしは女性の同性愛者を、自分と彼女しか知りません。ですから他の人がどうなのかはわかりませんが、少なくともわたしにとって男性との行為は『気持ち悪い』ものです。同じように、異性愛者の人にとって、同性愛者の行為はたぶん『気持ち悪い』ものと感じるでしょうけど」

ちらりと相談員の顔を見る。おそらくは異性愛者であろう相談員は、何の反応も見せなかった。いや、それ以前の問題だ。その佇《たたず》まいからは、異性だろうが同性だろうが、人を愛することがあるのか疑ってしまう雰囲気が感じられた。

「彼女も同様です。男性経験がなく、男性との行為を『気持ち悪い』ものと感じています。それは普段の言動からして間違いありませんが、程度がわたしとは違うのかもしれません。わたしは耐えられない嫌悪感を覚えますが、彼女は必要ならできるのでしょう」

その違いが、自分と佳央里の道を決定的に分けてしまった。

「わたしが彼女を殺そうと思っているのは、彼女が相手に抱かれて、処女を失ってしまうことに耐えられないからです。単なる色恋沙汰《いろこいざた》での別れなら、耐えられます。たとえば彼女に他に好きな女性ができて、その子とつき合うことになったとしたら、嫉妬や痴話喧嘩はあっても、殺そうとは思いません。別れても、彼女が自分と同じフィールドに立っているというつながりがあるからです。でも男に抱かれてしまったら、彼女は別次元に行ってしまいます。それは完全な喪失なんです。もう二度と手に入らない大切な存在が、永久に失われてしまう。そうなるくらいなら、こちらのフィールドにいるうちに死んでもらった方がいい。それが、正確な動機です。ですから、彼女がわたしを殺そうとしていることを、実は喜んでいます。わたしの一方的なエゴで殺すのではなく、返り討ちにするという正当性が生まれるからです」

言うべきことを言って、恵利は口を閉ざした。二秒ほどの間を置いて、相談員が口を開いた。

「なるほど。動機はわかりました。では、それを前提に、あなたが恋人を殺害することができるか、考えてみましょう」

「えっ？」

思わず訊き返してしまった。ここは、犯罪者予備軍たちの駆け込み寺ではなかったのか。駆け込み寺だったら、なんとかして犯行を思い留まるよう、説得するのではないのか。それなのに、殺害することができるか考えてみる？

相談員は、恵利が驚いたことに驚いたようだった。

「あなたは、恋人の女性を殺害したいと思っているから、ここに来たのではありませんか？」

「ええ、まあ、そうですけど……」

「ですから、あなたが実行しようとしたら何が起こるのか、それを想像することは、無意味ではありません」

「………」

意外な展開に、すぐには返事ができなかった。しかし相談員は恵利の返事を待たずに話を進めた。

「まず、あなたと彼女の関係です。恋愛関係にあることを周囲に知られないように気をつけたということでしたが、本当に知っている人はいないのでしょうか」

「はい」気を取り直して返事をする。考えてみれば、自分にとっても望ましい展開だ。「同性愛者に対する偏見の話をしましたけど、ばれたら実際に見る目が変わってくるんです。ネット上には、同性愛者たちが集うサイトがあります。そこを覗くと、カミングアウトしたら周囲からの風当たりが強くなって暮らしづらくなったという話が、いくらでも出てきます。でもわたしたちは、そんな目で見られたことはありません。よそよそしくなったり、避けられたりもしていません。ですから高い確率でばれていないと思います」

納得できる説明だったようだ。相談員は小さくうなずいた。

「彼女が殺害されたとき、警察は交友関係を調べます。ご家族は遠く離れた故郷にいますから、まずは東京で近くにいる職場関係や友人関係を洗います。当然、あなたもリストアップされます。周囲の証言からあなた方が交際していることが浮かび上がってこなければ、他の大勢の知り合いと同列に扱われるでしょう。それは、容疑が薄まることを意味します」

それならいいではないか。そう答えようとしたら、相談員が話を続けた。

「けれど、そう簡単にはいかないのです。警察は、彼女の部屋を調べるでしょう。もちろん、スマートフォンの中も確認します。ＳＮＳの記録であなた方が恋愛関係にあることを思わせるやりとりをしていたり、写真があなたのものしかないという状態だったりしたら、警察はあなた方の関係を簡単に知ることになります」

「…………」

またしても、すぐに返事ができなかった。その点は、考えていなかった。危ない、危ない。

数秒間、相談員の言葉を吟味《ぎんみ》してから、口を開いた。

「それは大丈夫だと思います。もうつき合って長いので、今さらＳＮＳで甘い言葉を囁《ささや》いたりしませんよ。写真も、一緒に遊びに行ったときの写真とか、釣った魚の写真くらいしか撮ってないので、よく一緒に行っているんだなと思われはしても、特別な関係とは思われないでしょう。もちろん、最も仲のよい友人として、相対的に疑いが濃くなるかもしれませんが」

恵利の回答は、相談員を満足させたようだった。表情を変えずに、話題を転じた。

「同棲していなくても、長期間交際しているわけですから、お互いの家を行き来することも多かったと思います。泊まることも普通にあったでしょうから、あなたの生活道具一式が彼女の部屋にキープされているはずです。警察はそれを見て、簡単に関係を見抜いてしまいます」

むしろ、そちらの方が考えてある。

「それは心配ありません。もう別れることで合意しているので、私物は少しずつ持ち帰っていますから。決行するまでには、完全になくなります」

さすがに、そこまで考えなしではなかったか。そう考えたかどうかはわからないけれど、相談員は表情を厳しくすることなく、先を続けた。

「おっしゃることが正しければ、警察はあなたを特別な存在とは認識しないでしょう。濃い疑いを持たれて、ピンポイントの証拠を探すこともないと思われます。それでは、次」

相談員はまた恵利の目を見つめた。

「具体的な殺害方法ですね。喧嘩別れしたわけではありませんから、彼女の方も『もうあなたの顔は見たくもない』という状態ではないと思います」

「そうですね」本当のことを言った。「変な言い方をすれば、彼女はわたしとの関係を卒業するんです。わたしは送り出す側。でも卒業式はまだ少し先です。それまでは、今までどおり温室の中にいられます。二人きりで一緒にいる時間は、まだまだあります」

「チャンスはある、と」相談員が確認するように言った。「具体的には、どのようにして殺害するつもりですか？　何か、考えていることはありますか？」

「そうですね」考えるふりをする。それこそが、今日最も話したかったことだ。

「正直、悩みました。わたしは人を殺したことがないので、どうやったら確実に死ぬのか、今ひとつわからないからです。さっきミステリドラマの話をしましたけど、ああいったドラマでは、刺す、殴る、首を絞める、崖から突き落とす、毒を飲ませる、とかがありました」

「ありますね」相談員の視線が冷ややかなものになった。「そのうち、どの方法を考えましたか？」

「まず、刺す案ですが――」真っ先に捨てた案を口に出した。「どこで、どのタイミングで、何を使って、どこを刺すかを考えなければなりません。彼女はわたしを殺そうと思っているかもしれませんが、わたしに殺されるとは思っていないでしょう。ですから、わたしの前では隙だらけです。つい昨日も会いましたけど、やっぱり隙だらけでした。ですから、襲うことはできると思います」

「いくら無防備といっても」相談員が反論してきた。「いきなり後ろから刺しでもしないかぎり、反射的に避《よ》けたり両手で防御したりしますよ。一度抵抗されてしまったら、そう簡単には殺せないものです。あなたと彼女とは、体格差はありますか?」

佳央里の身体のことは、誰よりも知っている。

「彼女はわたしよりはやや華奢だと思いますけど、簡単に組み伏せてとどめを刺せるほどの力の差はありません」

相談員は小さくうなずく。

「背後から刺すのも、難しいですね。背中は肋骨で護られていますから、意外と刃物は通りにくいのです。肋骨の間を上手に刺すというのは、高等技術が必要となります。経験のない方は、やめておいた方がいいです」

そういうものなのか。本当かどうか、ここでは検証のしようがないけれど、説得力のある説明だった。それに目の前の相談員は、相談者を丸め込むためにいい加減なことを言う人物ではないと思えた。

信頼できる人物は続ける。

「首の後ろには急所があって、背中よりは刃物が入りやすいですが、首は簡単に動くので、固定された場所を刺すよりも、ずっと難しいのです。これもまた、ぶっつけ本番で実行するのは、危険が大きすぎますね」

こちらもまた、検証できない。それでも信じることにした。

「とすると、眠っているときでしょうか。それも問題で、わたしが一緒にいるときに眠るということは、必ずセックスした後なんです。つまり裸のまま眠っています。無防備なお腹を刺すことは簡単ですけど、裸で眠っているときに刺されたら、警察は特別な関係にある人間の犯行と考えるでしょう。となると、膣の中を探って精液がないか調べるはずです。けれど精液は出てこない。それどころか、膣内の様子を見て、彼女が処女だとわかるかもしれません。となると、相手は女ではないかということになり、最も仲のよいわたしが容疑者になります」

相談員は満足げにうなずいた。わかっていたかと褒《ほ》めてくれているのかもしれない。わたしは少し安心して続ける。

「それに、刺し殺すのは、返り血の問題があります。返り血を浴びずに殺す技術はありませんし、浴びた血をシャワーで洗い流しても、部屋のあちこちに血が付きます。血の付いた指紋を残してしまう危険もありますし、もし足の裏に血が付いていたら、歩幅とかが推定できるでしょう。返り血を浴びるわけにはいきません。ということは、刺し殺すという方法は採れないことになります」

相談員は指で自らの顎をつまんだ。

「お話を伺っていると、あなたは、彼女さえ殺すことができれば、自分はどうなってもかまわないとは、考えておられないようですね」

「はい」恵利は即答した。「わたしは彼女を愛していますが、心中する気はありません。警察に逮捕されるつもりもありません」

「なるほど」指を顎から離す。「それでは、確実に殺害するだけでなく、警察に逮捕されない工夫も必要ということですね。刺殺ではそれが実現できないことがわかりました。では、次に挙げられた殴る方はどうでしょうか。いわゆる撲殺」

「考えましたけど、難しそうです」恵利は答える。「隙はありますから、殴ることはできるでしょう。後ろから頭を殴れば、刺すよりも簡単に攻撃できます」

「できるでしょう」

「でも、問題がふたつあります。ひとつは、どの程度殴れば死んでくれるのかという問題。頭の形が変わるほど殴ればさすがに死ぬでしょうけど、そんな武器を思いつかないのです」

「硬くて、重いものが必要ですね」

「はい。わたしの細腕で扱えて、死なせるほどのダメージを与えられる武器が必要です。真っ先に思いつくのは野球のバットですけど、いきなり部屋にバットを持ち込んだら、いくら何でも怪しまれます。他の武器でも同じで、持っていっても不自然でないものじゃないといけません。それが思いつかないんです」

相談員が宙を睨《にら》んだ。

「書道で使う文鎮《ぶんちん》だと硬いですが、女性の力で殴っても致命傷は与えられないでしょう。麺棒《めんぼう》は長さや重さとしては扱いやすいでしょうけど、これもまた、命を奪うのは難しいといえます」

「そう思います。仮にちょうどいい武器を見つけられたとしても、もうひとつの問題、音の問題があります。人の頭を思いきり殴ったことはありませんが、硬いもので頭蓋骨《ずがいこつ》を殴ったら、すごい音がしそうな気がします。しかも確実に殺すためには何回も殴る必要があるでしょう。彼女のマンションはそれほど防音性能に優れているわけじゃありませんから、たぶん隣の人が通報します」

まさか凶器を持って逃げるわけにもいかないから、現場に置いていくことになる。すると警察は凶器の入手経路を調べるだろう。そこから恵利にたどり着くことは、容易に想像できる。恵利は、相談員にそう説明した。

「撲殺もダメ」相談員が確認するように言った。「次は首を絞める、でしたっけ。絞殺、あるいは扼殺はいかがですか？」

意味がわからない単語が出てきた。

「『やくさつ』って、何ですか？」

相談員は両手を胸の高さに上げて、両手で輪を作った。

「こんなふうに、自分の手で相手の首を絞める殺し方です。死体にこれ以上ない痕跡を残すので、あまりお勧めできません」

そのような殺し方は知っているけれど、名前が付いていたのか。恵利は首を振った。

「やる気もありません。首を絞めるのなら、きちんと道具を使います。糸とか紐のようなものですから、隠し持って部屋には入れますし。ある程度の強度があれば、それほど選ばなくていいでしょう」

「釣り糸はやめた方がいいでしょうね。彼女が持っている釣り糸を使うこともできますけど、警察は『釣り糸を使うことを思いつくのは誰か』という発想で捜査します。その結果、同じ釣りが趣味のあなたにたどり着きます。いい加減で乱暴な理屈ですが、たどり着かれたら終わりです」

「そのつもりはありません」恵利は片手をぱたぱたと振った。「釣り糸は細いので、首を絞めるときに自分の手も締めつけられます。かなり痛いことを、わたしたちは知っています。軍手をしても、死なせるほどきつく絞められるかどうか」

釣り糸が手に食い込む痛みを想像しながら、恵利は続けた。

「首絞めの問題は、何を使うかではなくて、どこまで絞めれば死ぬのかが、わからないことです。呼吸が止まったら？　心臓が止まったら？　そこで生死の判定ができるような能力は、わたしにはありません。一時的に呼吸が止まって、死んだつもりでいたら、後になって蘇生《そせい》した。それが最悪の展開です。彼女を殺せませんし、自分は逮捕されますから。まだ、刺して生きていられないほど大量出血させたり、頭の形が変わるほど殴った方が、確実に死んだという確証が得られます」

けれどその可能性は、自ら否定したばかりだ。

相談員は、静かに恵利の説明を聞いていた。ひとつうなずく。

「死亡確認。非常に難しい問題です。実行前にその点に気づいたのは、素晴らしいといえるでしょう」

妙な形で褒められた。相談員はなおも言葉を続ける。

「刺殺でも撲殺でも絞殺でも、あなたは相手がどの状態になったら確実に死亡しているのかを気にしておられます。とても大切なことです。殺人者にとって最も重要なことは、相手の死です。次に、自分が逮捕されないこと。相手が死なない計画には、何の意味もありません」

そして相談員は、記憶を辿るような表情を見せた。

「次は、崖から突き落とす、ですか。崖の高さにもよりますが、落ちたら確実に死にます。相手を死亡させるという点においては成功率が高いですが、何か、計画をお持ちですか？」

「ないですね」恵利は間髪容れずに答えた。「わたしたちの釣りは、基本的に堤防釣りです。突き落として死ぬような場所ではありません。かといって、今から東尋坊《とうじんぼう》のような崖に誘っても怪しまれますし、たとえ怪しまなかったところで、わたしがその日に東尋坊にいたことは、簡単にわかってしまうでしょう。逮捕は確実です」

「遠くの崖でなくて、ビルやマンションの屋上なども考えられます」相談員が提案するような口調で言った。「彼女を誘って、上がれそうな建物はありますか？」

　恵利はまた首を振った。

「探せばあるのでしょうけど、怪しまれずに彼女を連れて行く方法がありません。それに普通の建物は屋上に上がれなくなっているでしょうし、落ちそうな縁には近づけなくなっているでしょう。近づけるところなら、他の人もいる可能性があります。突き落とす以上、わたしが突き落とすところを、誰にも見られない必要がありますから、現実的にはないといっていいと思います」

「そうですね」先ほど提案しておきながら、あっさりと肯定した。「落ちないように高めの壁や手すりがあるでしょう。華奢な女性とはいえ、その高さを越えて落とすには、相当な力が必要です。女性一人では、難しいと思われます」

　じゃあ提案するなよと思いながらも、同意せざるを得ない。

　相談員が切り替えるように言った。

「とすると、毒ですか。心当たりはありますか？」

「あります」恵利ははっきりと答えた。ここからが本番なのだ。

　しかし相談員が訝《いぶか》しげな顔をした。

「毒への耐性は、個人差があります。相手が十分な致死量を飲んでくれるかわかりませんし、飲ませたと思ったところで、死んでくれる保証はありません。毒殺は、確実性の乏しい殺害方法です。それでも心当たりがあると？」

「はい」先ほどと同様に、はっきりと答える。それを思いつかなければ、ここには来ていない。

「致死性の高い毒を手に入れることは、実は簡単なんです。フグです」

「フグ」相談員が繰り返した。「テトロドトキシンですか」

「そうです」

佳央里殺害にフグ毒を使うことを思いついてから、図書館で調べた。確かに、そんな名前だった。

「釣りをしていると、狙った魚とは違う魚が釣れたりします。外道《げどう》と呼ばれますが、外道としてフグがけっこう釣れるんです。毒がありますから、専門知識や技術を持たない人間が調理するわけにはいきません。ですから釣れたらすぐにリリースするのですが、リリースせずにクーラーボックスに入れるだけで、猛毒を手に入れることができます」

「フグ毒は確実性が高いと？」

恵利がきちんと調べて考えているかを、確認するような口調だった。恵利はうなずく。

「はい。フグ毒の致死量は、二ミリから三ミリグラムといわれています。一匹分の肝を食べさせたら、耐性とか個人差とかいうレベルをはるかに超える量を摂取できます。確実性は高いです」

間違ったことは言わなかったようだ。相談員は訂正の言葉を口にしなかった。

「毒は入手できた。では、それをどうやって飲ませるつもりですか？」

「ふたつ考えました」恵利はすぐさま答える。「ひとつは、ビールに混ぜることです。わたしたちはビールが好きで、特に苦みの強いＩＰＡという種類のビールを好んで飲みます。最近は、地ビールでもこの種類のビールを造るところが増えてきたので、あちこちの銘柄を楽しんでいます。この苦さがポイントです。フグの肝を食べたことはありませんが、毒である以上、苦みとか刺激があることが考えられます。でもＩＰＡなら元々苦いので、フグ毒を混ぜてもわからないと思います」

「苦みはそうでしょう」相談員はすぐさま反論してきた。「でも、味が変わるでしょう。魚の肝を入れるわけですから、生臭くなるはずです。普段から好んで飲んでいるのであれば、わかってしまうのではないでしょうか」

「それをごまかす方法はあります」

ちゃんと考えてあるのだ。

「今から、カワハギ釣りのシーズンになります。近々、彼女と一緒に行くことにしています。カワハギとフグは親戚ですから、カワハギ釣りの外道といえばフグというくらいよく釣れます。それも好都合なのですが、釣ったカワハギを食べながらビールを飲んだら、カワハギの匂いのために、ビールの生臭さがわからなくなります」

「色が濁《にご》るでしょう?」

恵利はまた片手を振った。

「それも大丈夫です。わたしたちは銅製のタンブラーを使っていますから、横から見ても濁っていることはわかりません。上は泡がありますから、やっぱりわかりません。もっと確実性を高めるのなら、最近は無濾過《むろか》タイプのＩＰＡも売っています。これなら元々濁っていますから、さらにわからなくなります」

ビールに混ぜることは、自分たちが銅製のタンブラーを使っていることから思いついたのだ。

「タンブラーに肝を絞った汁を入れておいて、その上からビールを注げば、彼女は気づかずに飲んでくれるでしょう」

相談員が難しい顔をした。

「やや確実性に欠ける気がしますね。あなた方がどのようなお酒の飲み方をしているか存じ上げませんが、日本ではビールは最初の一杯として飲まれることが多いです。まだ酔っておらず、しかもカワハギを口にしない状態で飲むわけですから、おかしな味を感じて、致死量を飲む前に吐き出しそうな気がします」

その可能性もあるか。

思いついたときは、なかなかいいアイデアだと思っていたのだけれど、やはり欠点はあるものだ。でも、だから終わりというわけではない。恵利は気を取り直して口を開く。

「もうひとつ考えていることがあります。カワハギは肝がおいしいので、わたしたちは鍋に入れる他にも、酒蒸しにして食べます。前もって釣っておいたフグを自分の部屋で捌《さば》いて肝を取り出して、酒蒸しにしておきます。それを彼女の部屋に持っていって、カワハギの肝に混ぜるんです。フグ毒は熱に強いので、蒸したくらいでは毒性はなくなりません。先ほど申しましたようにカワハギとフグは親戚なので、混ぜてしまえばわからなくなります」

しかし相談員の表情は厳しいままだった。

「見た目はともかく、味は違うでしょう」

「肝を食べるのは、前菜でなく後の方なんです。ビールから日本酒に移った頃です。そこそこ酔っ払っていますから、多少の味の違いはわかりません。わかったところで、その頃には呑み込んでいますから、大丈夫です。小さな肝ひとつで、確実に死ぬのですから」

この季節、日本酒も熱燗《あつかん》にする。熱いアルコールと共に食べれば、ますます味はごまかされる。

恵利はそう言い添えた。

「ビールに混ぜるよりは、確実性が高そうですね。彼女の酒の強さにもよりますが、日本酒を何杯か飲んだ後だと、おっしゃるような結果が得られることは十分考えられます。しかし――」

相談員は厳しい表情を崩さないまま続けた。

「食べさせた後はどうされますか？　一緒にいて彼女の具合が悪くなったら、普通は救急車を呼びます。呼んだら、助かってしまうかもしれません。今回は死んでもらうのが目的なので、救急車を呼ばずに死を待つことになります。彼女が亡くなるか、亡くなることが確実な状態になってから、部屋を出るのでしょうか。ご自分が使った食器だけを洗って片づけて」

否定する気満々の口調だった。恵利は逆に否定してみせる。

「いいえ。テーブルには鍋があり、ビールの空き瓶があり、肝の酒蒸しもあります。胃の中にも同じものが入っています。一人飲みが好きな女性だったら、そこまでこだわって料理するでしょう。でも警察は、来客があったと考えると思います。女性の一人鍋よりも、誰かと鍋をつつく絵の方が、しっくりくるでしょうから。わたしも、当日彼女の部屋に行かなかったかと訊かれることになります。何といっても、一緒にカワハギを釣ったのは、わたしですから。ここで『いいえ』と嘘をついてしまったら、警察はそれが本当かどうか徹底的に調べることになります。わたしがほんの小さなミスでもしていたら、警察はそれを見つけだして、わたしの罪を暴くでしょう」

日本の警察は優秀だと、よく言われる。本当は失敗もたくさんしているのかもしれないけれど、自分の捜査のときに失敗してくれるか、わからない。優秀な警察が、完璧な捜査をするという前提で計画を練らなければならないのだ。

恵利のシミュレーションは、相談員の想像に正確に沿ったものだったようだ。厳しい表情が緩んだ。

「そこまでおわかりなのですね。それでは、どうされるおつもりですか？」

「本当のことを証言します」それが恵利の答えだった。「警察には、一緒に釣りに行き、そのまま彼女の部屋に行って、釣ったカワハギを調理して一緒に食べたと証言します。ただそれだけなら単なる自白ですが、さすがにひと工夫します。彼女が動けなくなったところで、調理器具と食器を洗います。二人で自炊するときは交代で片づけもやりますから、わたしの指紋が付いていても、何もおかしくありません。包丁もまな板も、全部一度洗います。その包丁とまな板で、釣れたけれどリリースしなかったフグを捌くんです。そして肝は持ち帰ります。実際の死因は酒蒸しにした肝ですが、消化が進めば、生か蒸したものかわからなくなります。彼女は捌かれたフグの肝を食べて死んだと判断されるでしょう。彼女の両手にフグと包丁も触らせて、彼女自身が捌いた痕跡を残します。そうしたら、わたしが帰った後、彼女が一人でフグを捌いて肝を食べた――そんなストーリーができあがります」

「自殺に見せかけるわけですか」賛成とは言いがたい口調。「事実上結婚が決まった女性が自殺することに、警察は納得するでしょうか」

「それも大丈夫です。結婚を決めたのは彼女自身の判断ですけど、親が持ってきた縁談に素直に乗るのは癪《しゃく》だったみたいです。だから親に対しては、本当は嫌だけど親が無理強いするから仕方なく受ける、といった雰囲気を出していたと言っていました。女性が結婚する際には、ただでさえマリッジ・ブルーが起こりがちです。それなのに親の強制で結婚させられるとしたら、思い詰めて自殺することは、それほど不自然ではないでしょう。実際、結婚することを決めてから、冴《さ》えない顔をすることが多かったですし。親だって、自分たちの強引な勧めが娘を死に追いやったと思えば、そのとおりの証言をしてくれることが期待できます」

これでも、あらゆる状況を考慮して計画を練ったのだ。釣り。旬の魚。外道。料理法。飲む酒の種類。タンブラー。二人で食事するときの習慣。そして結婚に至るまでの展開。すべてを利用して立案した。どこにも抜かりはない。

「自殺説に説得力があることは、わかりました」

相談員はまた無表情に戻った。厳しい顔で否定できなくなったということだろうか。

「あなたと彼女は二人で食事をした。あなたは帰宅して、一人残った彼女がフグの肝を食べて自殺した。あなたは、そのようなストーリーを作られた。完成度の高いストーリーです。けれど警察は、素直には信じません。あなたご自身が、死の直前まで一緒にいたことを証言しています。警察は考えるでしょう。彼女が服毒したのは、あなたが帰る前か、それとも帰った後か」

「状況は、わたしが帰った後に一人でフグを捌いたことになっています」恵利はそう答えた。「一度洗った包丁とまな板を、もう一度使っているわけですから。その点も、自殺説を補強してくれるでしょう」

相談員が反論しないのを確認してから、恵利は話を続けた。

「わたしと彼女の関係が明らかにならなければ、わたしには動機がありません。まあ、警察は動機を後回しにして、怪しい奴に突っ込んだ捜査をするでしょうから、そこは期待していません。この計画のポイントは、わたしがいる間に彼女がフグの肝を口に入れた証拠がないことです。状況証拠も、物的証拠も。わたしが帰った後にフグを捌いたという物的証拠は、包丁に付いた指紋や、フグを捌いたときに出る血や汁が彼女の手についているというものがあります。証拠としては弱いですけど、ないよりはマシです。証拠がまったくないのと比べたときに、確実に有利に働きますから」

恵利は説明の仕上げにかかった。

「フグ毒は、症状は比較的早く出ますけど、即死はしないという性質を持っています。この性質も、助けになります。おっしゃったように毒の効き目には個人差がありますから、警察は何時何分にわたしが部屋にいたかという攻め方はできないのです。わたしは彼女の部屋を出た時間を、正直に伝えます。その時点で彼女がピンピンしていたのか、それともフグ毒で動けなくなっていたのか、知る術《すべ》が警察にはありません」

考えていた計画をすべて話した。

我ながら、穴のない計画だと思う。けれど、自分一人の思い込みで、行動に移すのは危険だ。自分では気づかない穴があって、そこから破綻《はたん》するおそれがあるからだ。

だから第三者の意見を聞きたかった。けれど、実際に起こそうとしている殺人計画だ。うかつに他人に話すわけにはいかない。

そこで思いついたのが、犯罪者予備軍たちの駆け込み寺だった。人殺しをしようと思っている人間が、その思いを吐き出す場所。自分も相談者となって、計画を話してみたらどうなるだろう。相談員は計画の穴を見つけて、冷静に指摘してくれるのではないか。変な言い方だけれど、NPO法人は、答え合わせに使えるのではないか。

そして恵利はこの部屋にいる。『1』というプレートがかかったこの部屋に。そこで、殺人者候補専門の相談員と向き合っている。無表情の相談員は、どのようなコメントをしてくれるのだろうか。

ほんの数秒、恵利の計画を吟味するように黙っていた。しかしすぐに口を開いた。

「完成度の高い計画だと思います。計画どおりにミスなく実行できたら、警察に逮捕されない可能性は高いと思います」

やった！

恵利は心の中で快哉《かいさい》を叫んだ。この賢そうな相談員ですら、恵利の計画に穴を見つけられなかった。

しかし相談員は話を終わらせなかった。

「わざと曖昧《あいまい》なところを残しておくという点も、警察の攻め手を失わせることに、強い効果をもたらします。たいしたものです」

全然褒めてくれる口調じゃないよね。そう思っていたら、やはり続きがあった。

「ですが、計画どおりにミスなく実行できたら、と申し上げました。あなたの計画は、完璧に近い。そのことを、あなたご自身が知っています。そんなとき、人の視野は狭くなるものです。ひどい言い方をさせていただければ、自分の計画に酔ってしまっている。周りが見えず、自分しか見えていない。そんな状況では、ミスする危険性が高まります」

相談員はまた恵利の目を見た。

「実行までに、少し時間を置くことをお勧めします。計画に酔ってしまっているのなら、その酔いを醒ますのです。そのうえで、あらためて計画を見つめ直す。そうしたら、この場では出てこなかった穴が見つかるかもしれません」

時間なんて置いてしまったら、佳央里が結婚してしまうではないか。そう反論したかったけれど、相談員はお構いなしに話を続けた。

「彼女は、あなたの前では隙だらけだとおっしゃいました。そうであれば、彼女にフグ毒を食べさせることは可能でしょう。ですが、その後の処理に穴があったら、あなたは逮捕されてしまいます。逮捕される気もないということでしたので、あらためて検証するべきです」

「…………」

おそらく、相談員は気づいている。穴がない計画を立てられた以上、すぐにでも実行したがっていることに。それを止めるために、いかにも穴がありそうなことを言っているのだ。殺人を止めるために。

それはそうだろう。犯罪者予備軍たちの駆け込み寺というくらいだから、犯行を未然に防ぐことがこのＮＰＯの存在価値だ。説得できなければ、存在する意味がない。でも、計画の不備をあげつらって止めることができない。自分たちが、見合い相手の欠点を探したけれど見つからなかったように。

だから、時間切れを狙おうとしている。傍《はた》から見たら異常とも思える動機を聞いて、中途半端な説得は効果がないとわかったのだろう。逮捕のリスクを、思い留まらせる根拠にしている。

「――わかりました」

恵利は口先だけで言った。「逮捕されるわけにはいきません。彼女の親ほど口うるさくありませんが、わたしの親も健在です。逮捕されて、悲しませるわけにはいきません。少し時間を置いて、考えてみます」

相談員の顔が、わずかに明るくなった気がした。

「おわかりいただけましたか」

「はい。時間を置いて、少し冷静になってから、あらためて考えてみます。穴が見つかったら計画は中止して、その後どうするかを考えます」

「その方がいいでしょう」

恵利は紅茶の残りを飲み干した。空になったペットボトルをトートバッグにしまう。立ち上がった。

「ここに来た甲斐《かい》がありました。このまま突っ走っていたら、ひどい結末を迎えたかもしれませんから」

「そうですね」

この人にしては優しい口調だ。けれどすぐに優しさは消えた。

「いいですか。先ほど申しましたように、今のあなたはご自分しか見えていません。時間を置いた方がいいというのは、そのためです。いったん立ち止まって、深呼吸をしてください。そうしたら、自分以外の景色が見えてきます。そこで自らが進むべき道を決めるのです。落とし穴のない道を」

「わかりました」

素っ気なく響かないように、注意して返事をした。一礼して部屋を出る。

事務室に、面談が終わったことを告げて、建物を出た。駅に向かって歩きだす。

——穴が見つかったら計画は中止して、その後どうするかを考えます。

恵利はそう言った。では、穴が見つからなかったら？　実行するしかないではないか。そして穴がないことは、相談員によって証明されたのだ。

佳央里の笑顔を思い浮かべる。

彼女は、わたしだけのものだ。

＊

「それじゃ、肝ーっ」

顔を赤くした佳央里が、朗《ほが》らかに笑った。ビールを何本かと日本酒を何杯か飲んで、だいぶんできあがっているようだ。カワハギの肝が載った皿を、手元に引き寄せる。

「佳央里がたくさん釣ってくれたからね。いくらでもあるよ」

恵利も笑う。「釣りを教えたのはわたしだけど、カワハギ釣りのテクニックだけは、追い越されちゃったね」

「そんなことないよ」右手に箸《はし》、左手にぐい呑みを持った佳央里が謙遜《けんそん》する。

佳央里と釣りに行くのも、今日が最後だ。

仮に恵利が殺さなくても、今年いっぱいで佳央里が故郷に帰ってしまうからだ。佳央里自身は年度末を区切りに会社を辞めようと思っていたのだけれど、両親が年末で区切りをつけるように言ったのだ。年度末まで引っ張って、結婚の決意が鈍ることを心配したのかもしれない。

恵利は鍋からカワハギの身と肝、それから白菜を取った。スープが赤い。今日は、キムチ鍋の素を使ったのだ。

「実はカワハギにも合うって、ネットで見つけたの」

他の食材を買いに行ったとき、佳央里がそう言ってスマートフォンの画面を恵利に向けてきた。

「えっ」恵利は目を丸くした。「キムチ鍋って、辛くて酸っぱいでしょ。カワハギは味が上品だから、合わないいんじゃないの？」

「まあ、そこはチャレンジってことで」

ここで強く否定して、佳央里を警戒させてはならない。恵利は「オッケー」と答えるに留めた。

佳央里はキムチ鍋の素を買い物カゴに入れた。念のため、いつもの寄せ鍋の素も買った。

実際、キムチ鍋の素で作ったカワハギ鍋はおいしかった。最後の晩餐《ばんさん》にふさわしい。恵利も椀のカワハギをすぐに食べてしまった。そして佳央里の様子を窺《うかが》う。

仕込みはしてきた。先週末に一人で釣りに行き、フグを確保した。これでも釣り歴は長いのだ。毒を持っている種類かどうかは、ひと目でわかる。自分の部屋で肝を取り出し、酒蒸しにした。こっそり持ってきて、今日釣ったカワハギの肝と混ぜて、佳央里の皿に盛った。計画どおりだ。

「それでは」佳央里が大げさに言って、箸を伸ばす。肝を取った。口に入れる。すかさず熱燗を口に含んだ。

「んーっ！」

感に堪《た》えない声を出した。喉が動く。

食べたっ！

ずっと見ていた恵利にはわかった。佳央里が口にしたのは、フグの方だ。これで間違いなく、佳央里は死ぬ。

キッチンの床に置いてある、クーラーボックスに意識を向けた。恵利のクーラーボックスには、今日食べきれなかったカワハギと、フグが入っている。毒が回り、佳央里の身体が動かなくなったら、そのフグを捌くのだ。

「帰るのは、再来週か」

佳央里の人生はこの先もずっと続くという口調で、恵利は言った。「この部屋も、再来週に引き払うんだっけ」

「うん」佳央里が寂しそうに答える。「大学入学のときに入った部屋だから、もう七年間になるんだけど」

「名残《なごり》惜しいね」

この部屋では、数え切れないくらい佳央里と愛し合った。その部屋を引き払うのは、彼女にとっても残念なことだろう。

「まあ、この部屋の役割は終えたってことだよ。帰ったらまず実家だろうけど、いずれは彼氏の家に住むんでしょ？　ずいぶん広いって言ってたじゃんか。今よりよくなるよ」

触れたくない話題ではあるけれど、話さざるを得ない。自分は今、恋人の将来に理解があることを演出しなければならないのだ。

「うん……」肯定しながらも、佳央里の視線が落ちた。ぐい呑みを持って、口に運ぶ。空になったぐい呑みをテーブルに置いた。そして、ぐい呑みを見たまま口を開いた。

「どうして止めてくれなかったの？」

そんなことを言った。これ以上ない、悔しそうな声。

「えっ？」

思わず問い返した。彼女は今、何を言った？

「あんな縁談、損得勘定だけで考えたら、受けるしかないじゃないの。断るための、それらしい理屈もつけられないし」

徳利を取って、自らぐい呑みに日本酒を注いだ。ひと息に飲み干す。

「あんたとの生活は、永遠には続けられない。そう思ったから、縁談を受けようって、一度は考えた。そしたら流れができてしまった。わたし自身を含めて、すべてが受ける方向で動きだしてしまった。流れができちゃったら、もう自分ではどうしようもない。流されていくだけ。止めてくれる人が必要だった」

佳央里が顔を上げた。

「だから恵利に相談したんじゃない。あんたなら、理屈抜きで止めてくれると思った」

「………」

佳央里は何を言ってるんだ？　自分に相談したときは、いかにも結婚に前向きな様子だったのに。止めてほしかったって？

佳央里が荒い息を吐いた。

「わたしがいるんだから断りなさいって、言ってほしかった。女同士で愛し合ってるって親が知ったら怒るでしょうけど、そしたら逃げればいい。会社を辞めて、マンションも引き払って、二人でアメリカに行く。同性でも結婚できる州に行けば、幸せになれる。そこまで言ってほしかった」

だったら、はじめからそう言ってよ――そう文句を言いたかったけれど、驚きが強すぎて言葉が出てこない。

「それなのに、あんたは止めなかった。いい機会だから、新しい環境で幸せになりなさいって言った。そんなこと、言ってほしくなかったのに。あんたにまで賛成されたら、結婚するしかなくなるじゃない。そして、あの人に抱かれる。そりゃ、いい人だよ。でも、それとこれとは話が別でしょう。どんなにいい人だったとしても、男なんだよ。気持ち悪い」

最後は吐き捨てるようだった。

「わたしは追い詰められた。もう逃げられない。絶対に嫌なことから逃げるためには、こう、するし、かない、で、しょ」

言葉が途切れ途切れになった。そこまで言ったところで、佳央里はテーブルに突っ伏した。フグの毒が回ったのだ。

——成功した。

恵利は心の中でつぶやいた。凱歌のはずだった。それなのに、空っぽな洞窟に話しかけている
ような、空疎な響きをまとっていた。

佳央里は、本当は結婚を嫌がっていた。

バカな。そんなはずはない。だって、ずっと縁談を受ける方向で話してたじゃないか。

ただ、思い当たることはある。佳央里は結婚が決まってから、冴えない顔をすることが多かっ
た。単なるマリッジ・ブルーと思っていたけれど、本当に結婚したくなかったからなのか。

——どんなにいい人だったとしても、男なんだよ。気持ち悪い。

佳央里の言葉が、脳の中で繰り返し響いている。

自分も彼女も同じ感覚だった。それはわかっていた。けれど程度が違うと思っていた。自分は、
絶対に嫌。でも佳央里は、必要とあれば男に抱かれてもいいというレベルだったはずだ。それが
間違っていたというのか。縁談を受けるつもりだと聞いた時点で、自分の中で勝手に結論を出し
ていた。けれど、違った。本当は彼女にとっても、自分と同じくらい嫌なことだった。

「今さら、そんなこと言われたって」

恵利は一人つぶやいた。

あんなに愛し合っていたのに、自分は佳央里のことをまったくわかっていなかった。いや、わ
かってあげられなかった。止めてほしいという本音を読み取ってあげられずに、言葉の上っ面だ
けに反応していた。もちろん、こっちにはこっちの言い分がある。でも、彼女の幸せを最も願っ
ていた自分が、結局は彼女を不幸にしてしまったのだ。

恵利は立ち上がった。上体がふらついた。テーブルに手をついて支える。

佳央里の本音はわかった。でも、状況は何も変わらない。佳央里が男に抱かれることのないよう、死んでもらうという目的には、何の影響もないのだ。佳央里は、処女のまま死んでいく。それが達成できたのであれば、計画どおりに事を運ぶだけだ。

動かない佳央里の傍《そば》を通り抜けて、キッチンに向かう。クーラーボックスからフグを取り出して、捌かなければならない。

ふらふらと歩いて、キッチンシンクの前に立つ。かがんでクーラーボックスの蓋《ふた》を開けようとしたときに、思い出した。

計画では、フグを捌く前に、使った食器や調理器具を洗うんだった。いけない、いけない。一度すべてを片づけてから、あらためてフグを捌くのでなければ、成立しない計画なのだ。佳央里の告白を聞いて、やはり動揺しているのだろう。今一度、気を引き締めなければ。

そう思ってきびすを返そうとしたとき、キッチンシンクの三角コーナーが目に入った。先ほど佳央里が捌いた、カワハギの尻尾や骨が捨ててある。どうということのない、いつもの風景だ。そのはずだった。

強烈な違和感が脳を灼《や》いた。

何だ?

あらためて三角コーナーを見据える。カワハギの残骸。いや、本当にそれだけか?

ぞくりとした。

カワハギに紛れて捨ててある、別種の魚——フグだ。

頭が真っ白になった。

事実を脳が拒否していた。けれどいつまでも自分をごまかせない。恵利は事実を認識した。佳央里はカワハギと一緒に、フグも調理していたのだ。免許もないのに。

なぜそんなことをしたのか。考えるまでもない。佳央里が最後に残した科白《せりふ》がすべてだ。

——こうするしかないでしょ。

佳央里もまた、外道として釣れたフグをリリースせずに、持ち帰った。そしてカワハギと共に調理した。身はいい。では肝は？　決まっている。身と一緒に、鍋に入れたのだ。そして自分は、その鍋を食べた。佳央里も。

こうするしかないでしょ。

佳央里が結婚したくなかったとわかった時点で、恵利が考えていた動機は間違いだということになる。かといって、恵利を殺したところで、佳央里の置かれた状況が変わるわけではない。彼女には、何のメリットもないのだ。けれど、二人が食べる鍋に入れたとなると、話はすべて変わってくる。

佳央里は、恵利を殺して自分も死ぬつもりだったのだ。結婚から逃れるには、それしかないと。結婚したくないから死ぬ？　そんな大昔のメロドラマみたいな話じゃない。佳央里は、お見合い相手ではなく、恵利を選んだ。恵利と永遠に一緒にいるために、無理心中という手段に訴えたのだ。

——今のあなたはご自分しか見えていません。

相談員の言葉が思い出される。

そういうことだったのか。完璧な殺人計画を思いついた。その時点で、自分は殺すことにしか意識が向かなかった。佳央里が自分を殺そうとしていることを忘れて、狩人が獲物を仕留める気持ちになっていた。相談員は、殺されることもあるんですよと言いたかったのだ。自分から情報を伝えておきながら、自分自身がすっかり忘れていた。だから、佳央里の仕掛けに易々《やすやす》とはまった。

相談員の指摘どおりだ。一度立ち止まって深呼吸をしていたら、佳央里の一挙手一投足に注意して、彼女の企みを見抜けたはずだった。けれど自分の計画しか目に入っていない恵利は、すぐ傍で堂々とフグを捌いた佳央里の行動を見逃してしまった。

キムチ鍋だって、そうだ。今ならわかる。キムチ鍋は辛くて酸っぱいから、フグの肝に刺激があってもわかりにくい。佳央里が今日に限ってキムチ鍋を選択した時点で、気づかなければならなかった。けれど自分の計画に酔っていた恵利は、気づかなかった。

おぼつかない足取りでテーブルに戻る。カセットコンロの上には土鍋。具はあらかた食べ尽くされている。フグの肝が入った具を。

鍋の中身を分析したら、フグの毒——テトロドトキシンが検出されるだろう。キッチンシンクの三角コーナーには、フグの残骸が捨ててある。恵利のクーラーボックスからは、釣られたフグが出てくる。その状況から、警察やマスコミは考えるだろう。こいつらは、カワハギとフグを間違えて食べてしまったのだと。

年に何件か起こる事故だ。自分たちも、そのひとつにカウントされる。

相談員は「釣りだって、女性の趣味として今どき珍しくもないでしょうし」と言った。けれど世の男どもには「女が釣りなんて」と思う輩はまだまだ多い。カワハギとフグの区別もつかない奴が釣りなんかするから、こんなことになるんだと嘲笑するだろう。それこそが、佳央里の狙いだったのだ。この方法なら、佳央里は殺人者の汚名を着せられることはない。

見事な計画だ。事故に見せかけた無理心中。もし佳央里が相談しに行ったところで、相談員は欠点を見つけられないだろう。さすがは佳央里。わたしが愛しただけのことはある。

椅子に座る。自分の意志で座ったというより、立っていられなくなったからという方が正しい。毒への耐性は、個人差があります——相談員はそう言った。テトロドトキシンへの耐性は、佳央里よりも恵利の方があったようだ。それでも、目がチカチカしてきた。唇もしびれている。そろそろ、毒が回ってきたか。

自分は佳央里を殺そうとした。佳央里もまた、自分を殺そうとした。それは同じだ。ただ、求める結果が違っていた。死体がひとつなのか、ふたつなのか。なんだ、ただそれだけのことか。

意識も薄れてきた。自分が呼吸できているかもわからない。このまま自分も佳央里も死ぬのだろう。佳央里が狙ったとおり、殺人者の汚名を着せられることもなく、殺されるという惨《みじ》めな役を演じることもなく。

——あれ？

ふと気がついた。

自分は永遠に佳央里を手に入れた。

これって、最高に幸せなことじゃないのか？

それきり、恵利の意識は闇に閉ざされた。

初出一覧　いずれも小社刊《紙魚の手帖》

五線紙上の殺意　vol.05（二〇二二年六月）
夫の罪と妻の罪　vol.06（二〇二二年八月）
ねじれの位置の殺人　vol.07（二〇二二年十月）
かなり具体的な提案　vol.08（二〇二二年十二月）
完璧な計画　vol.09（二〇二三年二月）

あなたには、殺《ころ》せません

2023年7月7日　初 版

著 者
石持浅海《いしもちあさみ》

装 画
岡野賢介

装 幀
大岡喜直（next door design）

発 行 者
渋谷健太郎

発 行 所
株式会社東京創元社
〒162-0814 東京都新宿区新小川町1-5
03-3268-8231（代）
http://www.tsogen.co.jp

D T P
キャップス

印 刷
萩原印刷

製 本
加藤製本

 ISBN978-4-488-02896-1　C0093